クンデラの振り子
―わたしのフランス随想

西永 芙沙子

駿河台出版社

目次

1——パリ、初めての朝

清掃車が路面に流す、勢いのいい水の音で一度目を覚ました。音が遠のいて静まりがもどると、ふたたび眠気がさしてきたが、意識だけはいやに冴えて、眠っている自分を自分で観ているような奇妙な感覚の、うすい眠りがつづいていた。

コーヒーの香り、食器のぶつかり合う音、ひとの声、すべてを同じような淡さでとらえながら、それでもずいぶん長いことうとうとしたらしく、二度目に目をあけたのは、ひとびとの靴音や話し声が通りの方角から、はっきりと耳元にとどき、車の往来も繁くなってくる時間だった。

パリ五区、ゲイ・リュサック街の角にあった、オテル・ラヴニール（未来ホテル）という小さな宿で、わたしはパリに着いて初めての朝を迎えた。

一九七〇年、春のことである。

わたしたち夫婦の部屋は半分が地下に埋没している、つまり半地下の、窓からは道行くひとびとの足しか見えない、なんとも煮え切らない位置にあった。

ホテルの予約も無事済んだ、と夫が手紙に書いてきたとき、「未来ホテル」か、なかなか幸先がいいではないか、とおおいに胸を弾ませたものだった。ところがどうだろう。行き着いた先は窓から未来はおろか、風景も人の顔さえ見ることの出来ない地面のなか。もぐらじゃあるまいし、と少しばかりがっかりしたが、ただちにこう思い直した。

いくばくかの蓄えとトランク一個、パリ行きの片道切符だけを手に、一体あんな姿で発って、先行きどうなるのだろう、と見送りのひとたちをハラハラさせる出発風景を披露した身には、もぐらの寝床こそが似合っているのかもしれない、と。

当時トランクの重量制限は二十キロ。これがなかなかきついのだ。最終的に荷物からはみだした衣類が少なからずあって、手荷物にするにはいかにもかさばりすぎていた。そこでわたしは考えた。よし、十二単《じゅうにひとえ》よろしく薄いものから順に、全部身にまとってしまおう。

厚手のセーターにジャケット、そのうえにレインコート、そのまた上に冬物コートを重ね、身支度を終えたときには、身動きもままならぬ、それどころか息をするのも苦しいような有様だったが、致し方ない。あとは飛行機に乗る込むまで多少暑いのを我慢すれば済むことだ。当時は今とちがってガリガリにやせていたから、ちょっとやそっと詰め物をしたからといって、さほど目立つことにはなるまいとふんでいたのだが、結果はどう見ても十二単などという優雅なものではない、ラッキョウかタマネギにでも例えたほうがよさそうな仕上がり具合だった。

着膨れした身をゆさぶりながら、両手に手荷物をぶら下げて、よたよたと通路をゆくわたしの後ろ姿を思い出す度に、頭がクラクラすると、見送りに来た叔母はいまでも言う。

夫のほうは出発に際して、往復の旅費と、月七百五十フランの給費（当時一フランが七三円だったたか）と、ユルム街の高等師範学校（エコール・ノルマル・シュペリユール）構内の、寮の一室が保証されていたが、わたしはまず旅費から自分で工面しなくてはならず、そのために仕事をつづけていた。蓄えをかき集め、なんとか当面の暮らしは立つだろうという目処がついたうえでの見切り発車ではあったが、女人禁制の寮（といっても、ひそかに女人を招き入れる輩はもちろんいたらしいが）で夫婦者が暮らすわけにはいかないのだし、着けばただちにアパート探しが待っている。いくら家具付きといっても、暮らしを始めるとなれば、こまごまとした買い物の必要も生じる。諸々のことを思えば相当深刻であったはずだが、なにしろ日本でおくった数か月の新婚生活からして歌の「神田川」を地でいくようなものだったから、それこそなにもこわくなかった。当時この歌はまだ巷にお目見えしていなかったけれど、気持としては、なーに、神田川がセーヌ川に変わるだけじゃないか、ぐらいの気楽さだったように思う。

わたしが着いたのは、ちょうど復活祭の休暇の時期で、フランス人の多くはパリを出ているらしく、街には外国人の姿ばかりが目立っていた。

冬の冷たさと春のうららかさがせめぎ合う季節で、空気に張りつめた感じはいくぶん残っていたが、光は春色をためて、旅行者たちの表情も明るく、だれもかれもがスキップしているように見えた。

ユルム街のエコール・ノルマル・シュペリユールの寮に住んでいるフランス人もあらかた留守らしく、建物はしーんとしていて、残っているのは夫も含めて外国からの留学生がほとんどだった。

最初に紹介されたのが、チェコ人のイワンとドイツ人のウォルフガンク。そろって見上げるほどに背の高い、またどちらも実に気持のやさしそうなひとたちだった。

　パリで初めての朝を迎えた気分はどんなものか、とイワンが訊いてきた。

「それが、不思議なことに、外国は初めてなのに、なんだかずーっとここに住んでいたような気がする」とわたしは答え、「パリはそういうところさ」と彼はうれしそうに、いくらか得意そうに言った。

　日本とフランスの時差はどのぐらい？　時差ボケはない？　ところで日本から何時間ぐらいかかるの？　そんなような質問をつぎつぎに浴びせかけてから、イワンが、こんなところで立ち話もなんだから、もしよかったら僕の部屋に来ないかい、と誘ってくれた。

　寮の部屋には彼らの体格では、かなり窮屈そうな小ぶりのシングルベッド、クローゼット、作りつけの本棚、それに机とイス、洗面所、シンプルだが、必要不可欠なものはまちがいなくそろっていた。掃除、洗濯は係りのおばさんが毎日欠かさずやってくれるし、食事は学校のダイニングルームでよその学生食堂より数段豪華なメニューが楽しめる。学生にとっては夢のような暮らしだよ、と彼らは口をそろえて言う。

「ヨシ（夫は寮でこう呼ばれていた）の好きなビリヤードもあるしね」

ウォルフガンクがつけ加えた。

「あいにくこんなものしかないけど」

そう言ってイワンは几帳面に整頓された本棚の隅から一個のオレンジを取りだしてきて、それをボールのように一度宙に舞わせてから、「ようこそパリへ。これをつつしんであなたに捧げます」と果物ナイフを添えてうやうやしくわたしに差し出した。

早速ナイフでオレンジに放射状の切り込みを入れ、それに添って皮をむくわたしの手元をみんなが真剣に見つめている。

「日本人はみんなそんなふうに、きれいにオレンジの皮をむくのかい？」

ウォルフガンクが心底感動したようにきき、無事作業が完了すると彼らは「ブラボー！」と叫んで、それぞれが手に持った四分の一個ずつのオレンジを持ち上げての、乾杯となった。

パリで初めて迎えたあの朝が、予期せぬときに、とつぜんよみがえって、じわーっ、とこころにひろがることがある。その度に、重たいものなどなんにもない、早春の光に満ちた時間が、胸の奥からながれだす。

2——パリのいろ

わたしの眼のなかにあるパリはいつも曇っている。

たまに晴れる日があっても、うすいフィルターの布目から、ようやく這い出してきた淡い光を、さらにきめ細かい網を通して見ているような心地が常につきまとう。

光がとても繊細だから、色をはげしく掻き回したり、炙り出したりということはない。それどころか煙った大気をくぐりぬけるたびに、色彩は生々しさを脱ぎ、角を捨て、まろやかになり、ほぐれた何百万個もの色の粒子が混じり、重なり合い、しまいには何色とも決めがたい無数の色を創りだして、わたしたちの眼にとどけてくれる。

パリが多くの画家や写真家のこころを強く捉えてはなさないのは、微妙な光線が街並みに、いい具合に作用して、ほかのどこの場所にも存在しない、品格のある独自の色合いを醸し出しているからではないだろうか。現にこのわたしも、パリのなにが好きかって、あの、いろだ。

一九五四年、まだ洋行などという言葉を人々が日常的につかっていた時代に、初めてパリに渡った写真家、木村伊兵衛が語ればこんなふうになる。

「十月、秋ですよ。マロニエの枯れ葉が石畳に散って、オツなもんですよ。パリの秋なんてのは曇り日がおおいんですけど、晴れるとリュミエール（光）がいい。フランスの絵描きがリュミエールに敏感なのは当たり前だとかんしんしましたよ」

リュミエールは申し分ないのだが、写真はなかなかうまくいかない。そこで街の空気を身にしみこましちまえば、もうこっちのもんだ、と下町あたりをずいぶんほっつき歩き、ついでにお酒もたっぷり身にしみこませて、機が自ずから熟すのを待っていたらしい。

そしてついにパリの街を空気もろとも、そーっとはがして持ってきて、そのままふんわりと紙の上にひろげてみせた、としか言いようのない数々の作品をのこしてくれた。

パリの空気をしみこませて、しみこませて撮った写真は『木村伊兵衛写真集』

（一九七四年、のら社）に収められているが、その一枚一枚にしみこんでいる時代の空気は、時を隔てて、今、わたしの身内にじわり、じわり、としみこみ始めている。

パリで当時活躍していた写真家、ブレッソン、ブラッサイ、ドアノーといった錚々たる面々とも会って、一緒に写真を撮ったり、遊んだりしたらしいのだが、その連中のことをかたっぱしから、イキだね、とか、オツだね、などと評し、彼らの先輩格にあたるアジェのことは、「ありゃもう名人ですよ。なんであんない い写真撮ったのかわかりませんよ。不思議なひとです」などと手放しで感心するこのひとこそ、イキでオツで、おまけに極めつけの名人だ！

オークルとセピアとモーヴをとろりと混ぜ合わせたような色（ぞくっ、とするほどいい色気！　こういう色を出したいと思っても無理なのだ）をした壁はだを斜め一直線に走り抜ける予定だったのに、はがれかけたり、めくれあがったりしたポスターの気まぐれに巻き込まれ、一度よろける羽目になった光は、たまたま通りかかった女をぼんやりとやり過ごし、道端に打ち捨てられた、埃まみれの古タイヤを直撃して、くっきりと浮かび上がらせる。

全体に墨を掃いたような黒々とした画面。やや錆びかけた金髪の老いた男が、バイオリンケースを小脇にかかえて、うつむき加減で歩道を歩いている。人物と歩道をわずかに分けているのは、他の部分よりいくぶん薄めの色をした歩道と男の髪とバイオリンケースを支える左手。このひとの髪の毛がもし黒かったら、画面はただの闇。うーん、と唸るような業だ。古い街並みの一隅に生きる、少しばかり人生にくたびれたバイオリン弾きの姿が、ページを閉じたあとにも眼にのこる。

パリの郊外だろうか。レンガ造りの家の窓辺にピンクのスカートをはいた子と薄紫のスカートの子、ふたりの女の子がよりかかり、階段で遊んでいるピンクと薄紫の格子柄のワンピースを着た友だちをみている。遊んでいる女の子の後には犬がきちんと居ずまいをただして控えている。遠方はるかに霞む街並みが木の間がくれに見えていて、子供たちの服の色と薄紫の街並みがさりげなく呼び合っているのもイキだ。

単なるスナップ写真でも風景写真でもない。一九五四年、偶然そこにいた子供たちの息づかいまで聞こえてくる。画面は生きて呼吸している。

深まりゆく秋。ひたぶるにうら悲し、という気分になって、木村伊兵衛は毎夜、モンパルナス界隈に飲みに出かけた。

話はここで少し横道にそれるが、ヴェルレーヌの原文との間にはかなりのズレがあるらしいけれど、ひたぶるにうら悲し、などというアジな訳文をのこした上田敏というひともなかなかイキなもんだね、と感心する。重い鈍色がしのびよってきて胸のあたりを浸してゆく鬱々とした気分が、ひたぶるにという、ふるえるような響きにぴたりとくる。

パリの街の色を出すにはこれしかない、と木村伊兵衛は昔の渋い（つまり、今のとはちがって、まだまだ質のわるかった）フジカラーをつかった。コダックのようにもっとはっきりとした強い色が出せないものか、と当時のフジフィルムのひとは嘆いたらしいが、この渋さ、このひたぶるにうら悲しいいろこそが、パリのいろ、なのです。

3 —— 飛ぶ鳥跡を焦がす

鮮やかな色彩の手織り絨毯。日本のちゃぶ台そっくりな折り畳み式丸テーブル、それを囲む大家族。ちゃぶ台の中央には大鍋に入ったたっぷりの煮込み料理とパン。人々は料理をパンで鍋から直接すくっては食べ、すくっては食べながら、実にうれしそうに談笑している。食事が済むと、ちゃぶ台をたたんで部屋の隅に片づけ、パン屑がこぼれた敷物をおもてで二、三度パタパタとはたいて敷き直す。敷物はそのまま寝具になる。

なにで見たのだろうか。どこかの少数民族のなんとも簡素でおおらかな生活風景だった。自給自足の暮らし。余分な物のまるでない見事なまでにシンプルな室内。それなのに、白壁に映える絨毯の色合いといい、着ているものの配色といい、そこには強烈な個性と美意識があり、なによりも健康的な肌色と白い歯、満ち足りた笑顔があった。これでいいのに、これで十分なのに、といたく感動を覚えながら映像に見入った記憶がある。

トランク一杯の暮らし。思い立ったら暮らしの一切合切をトランクに詰め込んで、どこへでもすぐにすっ飛んでいける生活。頭の片隅でいつもひらひら躍っているわたしの夢だ。そんな暮らしは現実には不可能だが、せめて「無駄な物は持たない」「コレクションはしない」「いらないと思った物は、潔く捨てる」といったおおまかな原則をつくって、出来るだけそれに近づけるよう日々こころがけてはいるが、それでも物はいつの間にかふえる。

画商をしている友人にきいた話によると、モンドリアン最後のアトリエが、わたしの描く理想の図に限りなく近いらしい。室内にあるのは自作のベッドとテーブルだけだったというから、それが本当なら見事なものだ。モンドリアンの作品だから、テーブルもベッドもただものではないはずだ。ベッドはイスにも寝床にもなり、客が来ればソファになり、テーブルは食卓にも仕事机にもサイドテーブルにもなる。

日本では望み得ない極め付きシンプルライフがパリではある程度可能だった。

一九七〇年代にフランスで生活した折、二度の引っ越しをした。

一度目は同じ建物の五階から二階に移っただけのことだから、引っ越しとも呼べないが、二度目はモンマルトル、リュ・デ・ソルのアパルトマンを引き払い、シテ・ユニヴェルシテール（大学都市）に移住するというものだった。それこそトランクに身のまわりの物を放り込んで飛び立てばよいという、今おもえばうそみたいな身軽さだった。

引っ越しそのものは、呆気ないほど簡単だが、飛び立つ前にはそれなりの礼儀を尽くすのが、わたしのささやかなこだわりと言えばこだわりだ。たとえ短い間でも縁あってワラジを脱いだ住処に、「仁義」を切って去りたいのだ。

ついでに言うと、この「仁義」癖、わが家だけではおさまりきらず、出前サーヴィスまでやったらしい。ご近所にお住まいだった平岡篤頼先生の帰国が迫り、アパルトマンの後かたづけに馳せ参じた時もそうだった。（その模様は先生の著書、『パリふたたび』に詳しいので省く）食器戸棚を徹底的に掃除、整頓したのち、タイルの床を隅々まで洗い浄めたというのだ。はじめて見るわが台所の清潔さに平岡先生は「まるで新婚家庭の台所だ！」と感嘆のため息までもらしたのである。余程体力があり余っていたのか（なにしろ若かったから）、単なるお節介やきか、その大掃除のあと、われわれ夫婦は夕食の準備までしたというのだから恐れ入る。とりわけ恐れ入るのは夫がマグロの刺身を作ったという事実である。「彼は刺身だけは細君に手をださせないとのことである」という記述があり、これには思わず笑ってしまった。

さて、話を元に戻そう。なにもそこまですることはないんじゃないの。何人も寄せつけぬ気迫を全身に漲《みなぎ》らせ、眼の力を眉間のあたりに集めて、大掃除に取りかかるわたしに恐れをなして夫は言うのだが、だれのためでもない、自分のケジメの儀式なのだから、きっちりケリがつくまではなにがなんでもやらねばならぬ。やるからにはぬかりがあってはならない、そう思えば、口数も自ずと少なくなる。

ジャベル（塩素系漂白剤）をジャブジャブつかって浴室やトイレ、流し、キッチンのタイルの壁を真っ白ピカピカにし（当たり前の白さを突き抜けた神々しいまでのこの白さがたまらない！）、備え付けの食器や鍋釜を一旦外に出して、戸棚の隅々まで濡れ布巾で丁寧に拭き浄め、きれいになった棚に、磨いた食器や鍋類を並べ直す。床を掃除し、つや出しスプレーで家具を磨き上げればすべて完了。室内にわれわれが暮らしたいかなる形跡もなくなり、ただジャベルのつん、と鼻をつく強烈な匂いと、つや出しスプレーのほのかな香り（松ヤニみたいな）だけがのこる。「世話になったな」と一声かけ、背中であばよ、と呟いて、カッコよく立ち去ろうとした。

その時だ。「ちょっと待った！」と夫の声。冷蔵庫の霜取りが完了していないというのだ。

家主のご婦人が学生時代、ひとりで住んでいたというこのアパルトマン。広くはないが、なかなかの優れもので、あちこちに実にびっくりするような仕掛けがある。リヴィングの壁面全体を利用して、シックな木目の収納庫が作りつけてあり、あらゆる種類のものが整然と片付くようになっている。壁面収納庫のほぼ真ん中あたりを開けると、横長の冷蔵庫が登場する仕組みだ。扉を閉めれば、無機質で冷たい電器製品は姿を消し、木目の壁に覆われてしまうという、心憎いまでのご配慮だ。

ただ、この冷蔵庫、霜取り装置なる優れた機能はなく、うっかり放置すればたちまち霜が瘤のように盛りあがるのが難点だ。一度こびりつくとはがすのが厄介なので、気がつかないふりをする。そのうち霜は繁殖して、庫内はまるで「かまくら」か鍾乳洞みたいな様相を呈してきて、収納部分をどんどん狭めてゆく。ここまでくるといよいよ手をつけるのが恐ろしくなる。そこだけ後回しにしてきた地点をやっつけるのが、最後の大きな宿題となってのしかかってきたのだ。

わたしが大掃除に集中している間中、夫は霜取り作業に打ち込んでいた。だが、おどろおどろしく盛り上がった霜はおいそれとは解けない。このまま電源を切ってわれわれが去れば、解けだした霜は行き場を失い、絨毯張りの床に流れだすにきまっている。

最後の仕上げに良いことを思いついたからもう大丈夫、僕に任せてしばし待て、大層自信ありげに夫が宣言するものだから、わたしは安心しきっていた。

ところが、彼が編み出した霜取り法とは、笑いも凍りつくほどお粗末なものだったのだ。鍾乳洞のなかに、奇跡的に霜の害を免れた地域があり、そのわずかな場所にクリスマスに買った一本の太いロウソクが灯っている。ふと見ればロウソクの灯は、霜をとかす以前に冷蔵庫の天井を焦がしはじめているではないか。焦げた天井からは綿のような物がはみ出してぶら下がっている。

「へー、ひと皮むくと冷蔵庫っていうのはこんなふうになってるのか」

はじめのうちこそ感心して、中をのぞきこんでいた夫も、さすがにあわて出し、これを一体なんと家主に打ち明けるべきかだな、と悩みはじめる。

ロウソクを用いて霜取りを試みたところ、霜はとれず、代わりに冷蔵庫が燃えたのです。などと言ったところで、たとえ相手が子供でも納得しないだろう。

もたもたしてはいられない、あわてておもてに飛び出した彼、戻ったときには手にうすいクリーム色、つまり冷蔵庫内部の色に限りなく近い色の、ビニールテープを携えている。

なにはともあれ、焦げてぶら下がった綿をテープで封じ込めてしまおうという魂胆らしい。幸い冷蔵庫の天井は異様なまでに低いから、扉を開けた瞬間、傷口が眼に入ることはないだろうが、それにしても……。

後ろめたさにさいなまれつつ、管理人に鍵を預け、なにかあったら、と連絡先を残して逃げるようにアパルトマンを去った。

一週間後、家主から電話が入った。バレタカ！　観念して沙汰を待つわたしの耳に思いがけない一言が。「昨日部屋を見てきたけれど、きれいに使っていただいてありがとう。文句なしよ」

とても言い出せなかった。飛ぶ鳥跡を焦《こ》がした、なんて。

4――クレピュスキュールのモンマルトル

昼下がりの日差しがチリチリと肌を刺す。二〇〇〇年、六月、東京の梅雨を逃れて赴いたフランスでは、降ってわいたような猛暑のお出迎えだった。ちょうどその日は夏至にあたり、いよいよ夏が始まる、やれ、うれしや、とパリっ子たちは浮かれていた。そんななかをわたしは、三十年以上も前に住んでいたモンマルトルを、気の向くままというよりも、足に連れ回されるままに歩き散らしていた。当時住んでいたリュ・デ・ソルをラパン・アジル（跳ね兎・古いシャンソンをきかせる有名な酒場）に向かって上ってみるのは毎度のことだ。

わたしのなかには、この急な坂道に重なるひとつの忘れがたいシーンがあって、記憶の底に焼き付いたそのフィルムを巻き戻すために、毎回同じ道を辿っているように思えてならない。一九七〇年、学生をしながら仕事もしてその上主婦、三足のワラジを不器用に履き替えながら、それでも結構充実した日々を生きていた。

あわただしい一日を終えてモンマルトルに戻るのは、大概、日のおちかけている時刻だった。

名残のうす明かりが細かな霧を吹きつけたように街全体をつつみ、物の輪郭も色もゆるんで、昼とはまるでちがう表情を見せはじめるこの時間帯が、子供のころから好きだった。そしてこの曖昧な場所でゆれ動く魅力的な時間をフランス語の「クレピュスキュール」という響きほど、しなやかに掬いとってくれるものはないように思えるのだ。透明で芳しい、羞じらいをうちに含んだ、きれいな言葉だ。夕暮れ時とか、まして黄昏などという言葉では絶対に呼びたくない、「クレピュスキュール」という特別な時間が、わたしのなかに住みついて久しい。

あれは初秋の、まさにそんな時間のことだった。

リュ・デ・ソルの坂道を上ってゆくひとりの老婆の後ろ姿がわたしをとらえた。暮れはじめの、ぼんやりとした光のなかにくっきりと浮かび上がるコートの、年齢にしては、それにこの季節にしては鮮やかすぎるブルーのせいもあったろうが、肩で大きく息をつきながら、パンが一本はいったきりの買い物袋をぶら下げて、夏物の靴を履いた足を重たそうに持ち上げ、また持ち上げ、一段ごとに物語ひとつするほどの時間をかけて上がってゆくその人の姿が、こちらの視線を誘い込んだまま放してくれない。彼女の姿が夕もやのなかに完全に吸い取られて消えてしまうまで、わたしは茫然と見送っていた。

モンマルトルは老人にとってとりわけ過酷な地形だ。にもかかわらず、何故か高齢者の住人が多いことが、まだ若かったわたしには不思議でならなかったほどだから、なにも特別な光景ではなかったはずのこのシーンが、どうして何度も何度もわたしのなかを通りすぎるのか、いまもってわからない。

そう言えば、一九九二年、わたしはほんの短い間、パリに滞在する予定があった。高校のクラス会で久しぶりに会った友人、Mさんにそのことを話すと「わたしどうしてもパリに行きたいのよ。もしできたら案内していただけないかしら」と身を乗りだしてきた。高校時代、とりわけ親しい間柄ではなかったし、人に強引な頼み事をするような人には見えなかったから、その勢いに驚きはしたが「いいわよ」とわたしは引き受けた。

予定どおりパリにやってきた彼女と落ち合ってモンマルトルに出かけた日のことだった。階段を上りながら、どんな会話のながれだったか、この記憶のことを彼女にした。「夕もやに吸い取られちゃったみたいに消えたのよ、そのお婆さんが。自分も一緒に引きずられそうな気がして、なんだかこわかった」。そんなことを話した気がする。それに対して彼女は「そーなのー……」と語尾が静かに細っていく、いつもの声でなにか言いたそうにしただけだったが、突然、立ち止まって言ったのである。

「思いきって来てよかった。だって、ほら、時間が、ね、ないでしょ。それにもう待っていられないもの」

リュ・デ・ソルがリュ・サン・ヴァンサンにぶつかる、ラパン・アジルのあたりでのことだった。わたしの大好きなクレピュスキュールの、もんやりとした空気が忍び寄ってきていた。

「え、待っていられないってなにを？　時間がもうないってどういうこと？」。聞き返すわたしの声にあわてて、彼女はなにか言ったような気もするのだが、ほんのりとした笑いのなかに溶かしこんでしまった声を、聞き取ることはできなかった。

それから七年、一九九九年の年始め。彼女から自作の木版画入り年賀状が届いた。いつもながらの達筆で認められた文が不自然に途切れているのと、差出人の住所がないことが少し気になった。

彼女の訃報に接したのは、それから二か月後のことだった。末期癌で、辛い闘病の末の旅立ちだったと聞く。何故あの時、唐突にあんなことを、まるで独り言みたいに彼女は言ったのだろう。今度会ったら訊いてみようと思っていたのに、それはかなわぬこととなってしまった。彼女の声はモンマルトルのあの夕闇のなかで迷子になったまま、二度ともどってくることはない。

パリの六月にしてはめずらしい暑さのなかを、あれこれの想いに浸りながら歩いているうちに、いつの間にか青の時代のピカソやヴァン・ドンゲン、詩人のマックス・ジャコブなどが住んだバトー・ラヴォワール（洗濯船）のあたりまで来ていた。なかには入れないのでエミール・グードー広場でひと休みする。ベンチで若い女性が、ギターを弾きながら自作の歌を歌っていた。お世辞にもうまいとは言えなかったし、歌詞もよくわからなかったが、小さな広場の木陰にながれる、ねむくなりそうなメロディーにも、それを聴いていたほんのひと握りの老人達のまばらな拍手にも、ひさびさに味わうすずやかな飲み物のように、ひたひたとこころの壁を伝ってくる、ノスタルジックな味わいがあった。広場をあとにするわたしの耳に、リユ・サン・ヴァンサンで育った幸せうすい少女の物語「白いバラ」を歌うコラヴォケールの声が、いつしか若い女性の歌声に重なってきこえてきていた。

5 ——二度目のベルは鳴らすのが怖い

あのころ彼女がどんな髪型をしていたのか、さだかな記憶はない。ブロンドの長い髪を後ろでひとつに束ねていたようにも思うし、全体に少しふくらみのあるアップにしていたような気もする。

「わからないのは無理もないわね。髪の色もヘアスタイルもあの頃とはまるでちがうし、おまけにこんな眼鏡なんかかけてるんですものね。あなたわたしを見てはじめ怪訝そうにしてたわ。それにしてもうそみたい。うそみたいよ。まるで夢を見ているような気持！　こんな感動的なことは滅多にあるもんじゃないわ」

内側に向かってのびてゆくような、いくらかかすれた、でも、決して弱々しくはない声で、一語一語にしっかり均等な力をこめるフランソワーズの話し方、少しも変わっていない。彼女はホテルのロビーの片隅に、わざと後ろ向きにすわってわたしを待ち伏せしていたらしい。

「ああ、そのマダムならさっき見かけたけれど、忘れ物をしたとかで部屋に戻りました。もうじき降りてきますよ」。わたしのことをフロントで訊ねると係のひとがそう伝えたことから、こんな不意打ちを思いついたのだという。

この再会を仕掛けたのはわたしのほうだったが、まさかこのようなかたちで、彼女がわたしのホテルにいきなり現れようとは予測だにしていなかった。

画家、フランソワーズ・ベルチュとは二十三年前に知り合った。

わたしたち家族は当時パリ七区、リュ・デュ・グロ・カイユという通りにあるアパルトマンに住んでいた。同じ建物の住人、ベルチュ一家との親しい付き合いが始まったのは滞在期間も半ばを過ぎるころだったか。日本に戻ってからも、この一家、高校の哲学教師ピエール、画家のフランソワーズ、彼らのひとり娘、セリーヌのことは折にふれてなつかしく思い出していた。

ことにセリーヌについては何度わたしたちの話題にのぼったかしれない。生まれつき聴覚に障害があり、まったく音のない世界に住む少女の、こちらのこころのどんな小さな動きも逃すまいとして注がれる、強い眼差しが今でも記憶の壁に張りついている。あの利発な少女はどうしているだろう、幸せに暮らしているだろうか、是非もう一度会ってみたいという思いがつのっていた。

「あなた方が同じ場所に今も住んでいることは、実を言うと数年前から知っていたの。もちろん二十三年間一度もフランスに来なかったわけではないんですもの。でも、ベルを押すのが、なんだか怖かったのよ」

「わかるわ。離婚、病気、最悪の場合は死。どんなことが起きても不思議じゃない年月ですものね、二十三年なんて」

「ところであなたあの頃と同じひと、つまり、ムッシュー　ニシナガと今も暮らしているの?」

ドラマティックな再会の興奮がややおさまったころ、フランソワーズが真顔できいてきた。こんな質問が思わずでるぐらい、フランスでは離婚が多いということのようだ。現に彼女の周りでも、会う度に伴侶が変わるケースもめずらしくないという。

「よかった、相手が変わってなくて」「え、あなたは?」「安心して、わたしも相変わらずピエールと一緒よ。彼は既に引退して、今は物を書いているわ。セリーヌも好きな人ができて、そのひとと一緒に暮らし始めたの。引っ越しやらアパートの改装やら、わたしもいろいろ手伝いに行ってる最中。彼女、ほんとうによく頑張って、国立古文書館の研究員というポストを得たの。普通のひとにも難しい道を、彼女は自力で切り開いたのよ、えらいでしょ。いろんなことがあった。いろんな困難なことが、つぎつぎに。今も問題はたくさんあるけれど、ああ、なにから話していいかわからないわ」

今回わたしが泊まったのは、かつて住んでいたアパルトマンを真っ正面からにらみ据《す》えるかたちで建っているホテルだった。わたしの部屋からはちょうどベルチュ家のひろいリヴィングが見下ろせた。あのころ部屋のまんなかに葉をひろげていた大きな葡萄の木。東洋風のテーブルや椅子。セリーヌのピアノ。茶色い革張りのどっしりとしたソファ。白い本箱。見覚えのあるものがなにかないかと、気がつけば窓辺ににじり寄って、無礼を承知で彼らの住まいに目をこらしていた。そんなことをしていないで、さっさと彼らの家のベルを押してしまえばいいものを。何年かつづいた手紙のやりとりもいつの間にか途絶えていたし、気軽に訪ねてゆくにはあまりにも時を隔て過ぎた。

「ベルチュ」と書かれた小さなプレートの脇にある呼び鈴に触れそうになると、指はぴたっ、とたち止まる。もしかしたらこの一本の指が、とんでもない悲劇の扉をこじ開けてしまうかもしれない、そんな恐怖が指をこわばらせる。

リュ・デュ・グロ・カイユ。かつてここは職人の仕事場や織物作家のアトリエなどが並ぶ、狭いが活気にみちた通りだった。今は人影もまばらで、どこか捨て鉢な、白茶けた印象の一角になってしまっている。椅子張り専門の工房は小さなホテルになり、鍵屋は看板だけをのこして姿を消し、織物作家のアトリエ兼ブティックも閉まったままだった。元々、常連さんだけで成り立っていたような角のカフェは、ますますさびれて営業している様子もない。ところがある日通りかかると、見覚えのあるおかみさんの顔がのぞいた。昔とおんなじ、人なつっこそうな顔に会えたうれしさにつられて話しかけてみた。

「二十年以上も前だからお忘れかと思いますが、わたしこの近くに住んでたことがあるんですよ」

「知ってるわよ、あなたのこと。あの建物のたしか上の方にいたでしょ」

拍子ぬけするほど自然な声音で彼女はこたえた。二十三年なんてまるでなかったみたいな軽やかさ。時間がすーっ、とつながった。

ベルチュ一家のことを訊いてみた。「彼らは元気でいるわよ」「セリーヌはいい人が出来て引っ越したばかりみたい」「昼間は出かけることが多いようだから、訪ねるんだったら夕方のほうがいいわ」。答えは実に単純、明快。それがなんとも小気味いい。

この店、カフェのかたわら、暖房用の薪なども扱っていた。われわれが滞在した年の冬が、とんでもない寒さだったことから、何度も何度もお世話になった。セントラルヒーティングだけでは到底しのげない。しゃれた飾りぐらいに考えていた暖炉の出番が当然ながらふえてくる。エレヴェーターなしの五階まで、立派な体格のカフェのご主人が肩に薪の束を乗せて、せっせと運んでくれなかったら、あの冬はとても越せなかっただろう。そのご主人も長年の無理がたたって、もうまったく働けない状態だという。「セ・ラ・ヴィ！」。さばさばっ、とした口調で言いおいて、マダムは店の奥に消えていった。さっきまで地べたにとろけたように、たろりん、と寝転がっていた大型犬が、のっそり起きあがって、彼女の後をあわてて追いかけた。

いよいよ日本に戻る日が近づいていたが、わたしはまだベルチュ家のベルを鳴らそうか、鳴らすまいかとうじうじしていた。

そんな時だった。この通りに住んでいたころ、毎日のように親しく言葉を交わしていた仲良しの織物作家、マリーゼルの工房の扉が開き、明かりがついているのが見えた。のぞくと彼女が立っている。突然のことに驚きながらも、すぐにわたしを思い出した様子だった。「工房は別の場所に移したの。ここは物置にしてて、滅多に寄らないのよ、でも来てよかった。あなたに会えたんですもの」。そう言って、ふわーん、となつかしそうに笑った。一日、一日を自分の足で、しっかり踏み固めてきた人の素敵な笑顔だった。

彼女もフランソワーズ・ベルチュとは親しかったのを思い出して、なにげなく訊いてみると、フランソワーズには今晩、この地域のアーティストの会合で会うことになっているというではないか。わたしは急いでホテルの電話番号が入ったメモ用紙にメッセージを添えて彼女に託した。それを受け取ったフランソワーズが一目散にわたしのホテルへ走ってきて、冒頭のような対面となったという次第。

出発まであまり時間もなく、食事の誘いこそ受けられなかったが、なつかしいリヴィングで再会の乾杯をし近況を報告しあった。フランソワーズは以前より数倍完成度の高い大作を創っていて、フランスのみならずヨーロッパ各国で精力的に個展を重ねているという。

そもそも、わたしの初めての個展をアレンジしてくれたのは、ベルチュ夫妻だったのだが、自分でもすっかり忘れていたわたしの作品が、リヴィングの入り口に今でも飾ってあって、うれしいような面はゆいような気分だった。

キッチンにグラスを取りにいくピエールの後ろ姿を見つめながら、「彼も年取ったわ。怒りっぽくなったし。元々神経質だったけど、このごろはそれがエスカレートして。それにね、ちょっと健康上の問題もかかえてるのよ」。そこまで話したとき、グラスを手にピエールがもどってきた。彼女は話題を急いでその年に予定しているベルギーでの展覧会のことに切り替えた。

フランソワーズの仕事部屋で、まぶしいばかりに美しく成長した愛娘、セリーヌの写真を見せてもらっていると、ピエールがいつの間にか入ってきて、いつの間にかそばに立っている。彼はあのころも、こういう感じだったな、と思い出した。大きな物音、ガサついた身動き、乱雑な室内、自分の美意識に反する一切の物事、神経を刺激するあらゆる要素を身辺から本能的に排除する。神経質、と言ってしまうと少しちがう気がする。なにしろ何事にも厳しく、とんでもなく繊細な人なのだ。彼の針みたいな神経のお眼鏡にかなうのは、もしかしたら、セリーヌだけなのかもしれない。ふと思った。

「僕の最高傑作だよ」。写真の出来、というより自らのすべてを注ぎ込んで慈しんだ愛娘、彼女そのものが、かけがえのない作品であると彼は言いたかったのだろう。

健康上の不安。手塩にかけたひとり娘の門出。老親とのトラブル。様々な問題に揺れるベルチュ家のなかを、わたしの鳴らした二度目のベルは一体どんなふうに響いたのだろう。

「あなたとの再会のことを昨日話したら、セリーヌ泣いてたわ。今度来るときは前もって知らせてね。セリーヌがつかっていた一階のステュディオ（ワンルームマンション）に泊まれるようにしておくから」

帰り際に、フランソワーズは言ってくれた。三度目のベルはあまり間をおかないうちに鳴らすことにしよう、とこころに誓ってわたしはベルチュ家を後にした。

6——ドクター・ロネはもしかして名医？

キーン、と張りつめた硬質な冷気が足元から突き刺さるようにのぼってきて、こめかみから耳、頭の芯まで締めつける。パリの寒さは情け容赦もない。一九七九年、われわれがパリ七区、リュ・デュ・グロ・カイユのアパルトマンで迎えた冬は、格別きびしいものだった。

日本の、少なくとも東京の寒さには、もうちょっとやわらかく、やさしい感じがあるのに、冬のパリを歩く度に、わたしはそう思う。

なにしろ百年来という、予想をはるかに超えた寒気に、日本で用意したコートはものの役にも立たず、全員が防寒具を整えなおした冬だった。大人でさえ、暖房のきいた室内と外気との温度差に対応しきれないのだから、五歳の子供が風邪を引くのは無理からぬことである。パリ七区の公立幼稚園に通っていた息子もたびたび熱をだした。

発熱は常に突然で、その度におろおろと電話帳をめくる。先ずは最寄りのジェネラリストと呼ばれる往診専門のお医者さんを見つけてきてもらう。初めて電話をかけた医者は、かなり高齢の女性らしく、自分は心臓病を患っていて、エレヴェーターなしの五階まではとても上がってゆけない。代わりに親しい医者を紹介するから、と今にも消えそうな、しわしわ声で言った。

やってきたドクターは、モーリス・ロネを細身にしたような二枚目だった。マスクもスタイルもご本家を凌ぐ美形というところへもってきて、あのどこかしらいい加減そうで、母性本能をくすぐる、とろっ、とした甘さまで、ちゃんとあわせ持っているのだから、女にもてないはずはない、とにらんだ。そのせいかどうかはわからないが、ドクター・ロネ（以後彼をこう呼ぶこととしよう）の家ではもめ事が絶えないらしい。

裏に毛皮がこんもりついたバックスキンの洒落たハーフコート（靴も同じ素材の同色のものを履いている）と、大きな往診用のカバンをソファに投げ出したあと、さして頑丈な作りではないわが家のダイニングテーブルに浅く腰を乗せ、ロダンの「考える人」そっくりなポーズをとったかとおもうと、本当に生きるってことは容易なことじゃない、と小刻みに首など振りながら嘆いてみせ、ご丁寧に、ああああ……、と吐息までもらしたものだ。

出がけになにがあったか知らないが、わざわざお医者さんにお出ましいただいたのは、ほかでもない、病人を診てもらうためであって、お医者さんの家庭の事情をきくためでも、ましてや、そのままスクリーンに登場してもおかしくないほどの容貌や、俳優顔負けの堂に入った演技を讃えるためでもない。

「息子はあっちの部屋で寝ているんですが」「熱は？」「ですから、先程、電話で説明したとおり、昨夜は九度五分まであがりましたが、今朝は八度五分まで下がっています」。なんなのこの医者、なんにも聞いてなかったの？

カバンを取り上げ、ややけだるそうな足取りで、ようやく息子の部屋に移動した先生、ゆでだこのような顔をして横たわる息子の胸に聴診器をあて、喉のあたりを申し訳のように触診してから、ただの風邪だと思いますが、というわたしの言葉をなぞるように、そう、ただの風邪ですね、と答える。これじゃ医者としての面子がたたぬと思ったのか、まあ、インフルエンザではないでしょう、とつけ加えた。

「幼稚園では風邪がはやっているのかい？　ゆっくり休むことだ」

息子にそう言いおえると、さっさとまたリヴィングに引き返す。

「座薬をつかったことがありますか？　そう、初めて。解熱剤ですからつかってみてください。それに飲み薬を処方しておきます」

今度は食卓ではなく、ソファに腰をおろし、低いテーブルにかぶさるような恰好で処方箋を書きおえると、ソファの背もたれの上部に両手を翼みたいに大きくひろげ「いくつでしたっけ？　息子さん」と訊く。

「五歳です。この秋から近くの幼稚園に通い始めたんですが、毎日楽しそうに行っているので安心していた矢先、風邪ばかりひいて、ほんとうに困ったものです」

処方箋をわたしながら、ドクター・ロネは言った。

「風邪なんかどうっていうことはありませんよ、薬で治るんですから」

風邪なんかどうってことないって、あなた。小さな子供が高熱を出して苦しんでいるというのに、なんてこと言うんですか、恰好ばかりつけて、この藪医者！

「家にも十五才と十七才の息子がいるけど、親の言うことなんかまるで聞きゃしません。熱をだしたり、咳をしたり、そんな単純でわかりやすい心配の種をまくだけの子供にも、やがて親の力では、どうにもこうにもねじ伏せられない、強烈な自我が芽吹く日がきます」

そこで、しばしの間をとり、「マダム、ヴレ　スシ（本当の心労）は、十年後にやってきますよ。いいですか、ここんとこ、よーくおぼえといて、十年後ですよ」「本当の心労」を、まるでとっておきの息を吹き込むように、ゆっくりと、大事そうに発音し、こう言い終えると彼は帰っていった。

そして、十年後。思春期の子供を持つ親として、わたしも人並みの苦労を何度も味わうことになった。そのたびに、記憶のなかからひょっこり浮かび上がった、ドクター・ロネが念入りに仕込んだヴレ　スシ、「本当の心労」が。なかなか味わい深い、真実の言葉として。甘いマスクに憂い色をまぶし、声に微妙な強弱をつけて、げに子育てはままならぬ、と説いたあのひと、もしかしたら名優、いや、名医だったのかもしれない。

7——「カンデイイ」わけがない！

地下鉄の丸の内線、大手町駅で、中年の外国人男性が乗り込んできた。

車内は冷房がきいている。ききすぎ、と言ってもいいぐらいだ。外との温度差に対応できず、鼻がムズムズし、それがクシャミへと発展するケースは、ままあり、わたしも何度か経験したことがある。その外国人男性の鼻もどうやら、ムズッ、ときたらしい。

クシャミは一種、言いようのない快感を伴う。彼もしばし放心状態のようになってクシャミに没頭していた。だが、なんかちがう。クシャミがくぐもっているのが気に食わない。大体クシャミを口を閉じたまま行うところが間違っている。人に迷惑かけたくないからって遠慮してるわけ？　だったら、ハンカチを口にあてて、心おきなく、鬱憤の限りを噴射させたらどうなの。いーい？　よーく見ててよ。さー、こんな具合に、と実演指導したくなるのを、わたしは、やっとの思いでこらえた。

男性の鼻は車内の空気と、ようやくなれ合ったらしく、クシャミは無事おさまった。すると、今度はズボンのポケットを、なにやらもぞもぞと探りはじめる。出てきたのは、お世辞にも清潔とは言い難い、くちゃくちゃのハンカチ一枚。やおらそれを鼻にあてたかと思うと、車輛中に響きわたるような音をたてて、洟《はな》をかんだのだ。なんて言いましたっけ、そうそう鼻中隔、その大事な部分が砕けるぐらいの勢いで。乗客たちは一斉にそちらを見る。

「なんか、お気に障るようなことをしましたか? このわたしが……」

そう言いたげに、本人はきょとん、としている。その時、ピン、ときた。フランス人だな、と。

フランス人の生活習慣で、なにがゆるせないかって、彼らがハンカチで洟をかむという行為だ。フランス語でハンカチーフのことをムッショワールと言う。ムッシェ(洟をかんでやる)という他動詞からきているのだから、彼らにとって、それは至極あたりまえの行いであり、それに関して文句を言われる筋合いはない、というものだろう。そのうえ、紙を大事にする、もったいながるという精神が浸透している。それはそれで尊いことだと思う。繁華街の目抜き通りをその気になってぶらつけば、一週間分のポケットティッシュが、かるくゲットできてしまうわが国も、少しは見習ったほうがいい、とかねがね思っていた。

でも、やっぱりゆるせない、ハンカチーフで洟をかむなんてことは。

一九八〇年、われわれ一家はパリに住んでいて、息子は近所の公立幼稚園に通っていた。

ある日、迎えに行くと、彼は一枚の招待状をひらつかせながら、得意そうに教室から飛び出してきた。同じクラスの、カリーヌという女の子の誕生日に招ばれたという。

みんななにかプレゼントを持っていくらしい、なににしようか、散々悩み抜いた末、『カンディ』のキャラクターグッズがいいだろう、ということになった。当時フランスのテレビで日本のアニメが何本か放映されていた。たとえば『グレンダイザー』が『ゴールドラック』、『キャプテンハーロック』が『アルバトール』という具合に名前が変わってはいたが、日本のアニメは子供達に大人気だった。なかでも女の子たちが夢中になっていたのが『カンディ』(日本名は『キャンディ・キャンディ』)だ。誕生日まではまだ間がある。『キャンディ・キャンディ』のキャラクターグッズ、なんでもいいから日本から送ってもらおう、と相談がまとまる。早速、息子がおばあちゃんに電話で事情を話すと、航空便でハンカチーフが、一ダース送られてきた。色もデザインもいくつかのヴァリエーションがあるから、カリーヌもきっと喜ぶぞ、と息子は大張り切りである。

予想した通り彼女の感激ぶりはすごいものだったらしい。ほかの子たちのプレゼントが全部かすんでしまうぐらい。両頬へのキスの雨。それだけではまだ足りないとカリーヌは考えた。「これを持ってると、きっと良いことがあるわ。はやく、はやくしまって！　みんなに見つからないように」。「クリクリ」という名前の小さなお守り人形を、彼女は息子にそっと手渡した。

「そんなにたくさんあるんだから、みんなにも分けてあげなさい」。羨ましがる友だちを見て、カリーヌのお母さんが言い、その日招待された女の子たちにも一枚ずつ、ハンカチが配られた。

翌日幼稚園に行くと、かなりはなれた席にすわっているカリーヌが、息子に微笑みかけてきた。カンディのハンカチを振りながら。

カリーヌは見事な金髪の、クラスで一番の美女だった。年子の弟がいるせいか、ほかの子供達より数段しっかりしていて、かなりおませなところがあった。彼女はわが家から、ほんの数分という距離に住んでいたから、時々遊びにやってきた。

来る度にわたしは質問攻めにあう。

「どうして冷蔵庫が小さいの?」「だって、これはここのお家にくっついていたもので、わたしたちのじゃないのよ」「それなら、どうしてもっと大きな冷蔵庫を買わないの?」「だって、日本のお家に冷蔵庫があるし、そんなもの持って帰れないでしょ」。わたしは『赤ずきんちゃん』のおばあちゃんに化けたオオカミになった気分だった。

ある日、息子は憮然《ぶぜん》とした面持ちで、こう宣言した。

「もうカリーヌとはこれっきりだな!」

カリーヌのほうは、わたしたちと会うと、何事もなかったように笑いかけてくる。さっぱりわからない。

絶交宣言の理由が判明したのは、それから一週間ほど経ったころだった。街で、あるおじさんがハンカチで洟をかんでいるのに出くわしたとき、息子は怒ったように言ったのだ。「あれだよ!」。なんと、クラス一の金髪美女、カリーヌが、こともあろうに、ハンカチで洟をかんだというのである。それも「大事にするわ」と言っていた、あのカンディのハンカチで、だ。いくらカンディだからといって、「カンデイイ、わけがない」。そう思ったのかどうか、息子は相当のショックを受けたらしい。

「どうしてフランス人はハンカチで洟をかむの？」「ハンカチのことをムッショワールと言うぐらいで、元々、洟をかむためのものなのよ」

習慣のちがいを納得するのは、大人にとっても難しいことだ。

こんなこともあった。幼稚園のカンティーヌ（給食。色とりどりのイス、テーブルが並んだ、小ぎれいな食堂で食べる。その日のメニューが玄関脇に張り出してあるが、なかなか充実したフルコースだ）のデザートに、ある日ブドウが出た。もちろん種なしなどというケチなものではない、堂々たるブドウだ。息子はひと粒食べる毎に、皮と種を出し、皿につみあげる。それを見た友だちは叫んだ。

「なんてお行儀のわるいことをするの！　一度口に入れたものを吐き出すなんて！」

びっくりして周りを見渡すと、友だち達はブドウを丸ごと、種をかみ砕く音を高らかにあげながら食べている。種なんか食べたらお腹から木が生えるってこと、あの子たちは知らないのかな、と息子は不思議に思った。ちょっとしたカルチャーショックだったのだろう。

やがて四月がやってきて、息子は日本の学齢期を迎えた。秋には帰国することを考慮に入れ、ひとまずパリ日本人学校に通うことになった。

「どうして、わたしたちと一緒に、隣の小学校に行かないの?」。クラスの子供達は、『ゴールドラック』や『アルバトール』や『カンディ』の国からやってきた息子との別れを悲しんだ。ことに仲良しだったカリーヌの嘆きようといったらなかったらしい。彼女がその時、涙を拭ったのは『カンディ』のハンカチであったことは言うまでもない。

その話をきいて、夫は言った。「いいな、おまえは。パパはこの年になるまで、金髪の美女を泣かしたことなんか一度もないよ」

8——苦い菓子

細い棒状の胴体に、チョコレートをからませたお菓子がある。それが、酒の席に突然、出てくることがあって面食らう。こんなもの食べながらお酒を飲むひとがいるのだろうか、と思っていたら、いるのだ。友人に連れられて行ったバーでも、大きめのブランデーグラスの底に、予めアイスクラッシャーで粉砕した氷を敷きつめ、そこに突き刺すようなかたちでテーブルに登場した。みんな、なんとなく引っこ抜いてはボキボキ食べ、ウイスキーなぞ飲んでいる。

実を言うと、わたしはあれが苦手だ。申し訳ないが見ただけで鳥肌がたちそうになり、ボキボキという音をきいただけで、耳をふさぎたくなるのである。なにも、あのボキボキに恨みがあるわけではない。これは、ひとえに、わたしの個人的問題なのだ。

なんという場所だったか記憶にない。行った先が工場だから、パリ郊外であったことだけはたしかだ。日本の大手製菓会社、E社と、フランスの菓子メーカー、L社が、技術提携して、おたがいの製品を、それぞれの国で売り出そうというプロジェクトだったように記憶している。わたしは三日間の約束で、E社の通訳として雇われていた。フランス側が、そろそろバカンスシーズンに入りかけていて、なんとなく浮き足だっていることに、仕事一筋のE社のひとたちが、半ば呆れていたから、おそらく七月の初めごろではなかっただろうか。

E社が自信をもって持ち込んできたのは、細い棒状のスナック菓子（冒頭で述べたあれである）。対するL社の推奨する製品は、猫のべろみたいな形をした、シャンパンのつまみなどとして供される菓子である。

一九八〇年、当時パリに住んでいて、子供を幼稚園に送り出してしまえば、特別忙しいこともなかったから、友人にたのまれて時々、通訳やガイドなどの日雇い仕事にのこのこ出かけていくことがあった。わたしごときハンパ者に頼んでくる場合、相手は相当せっぱ詰まっている。あてにしていたひとが急病で行かれなくなった。あるいはパリ及びその周辺で様々なフェアが重なり人出が足りない等、理由はまちまちだが、要するに猫の手も借りたいという場合の助っ人。つまり、我が輩は猫なのである。日本語では、おしゃべり、と自他ともに認めるわたしであるが、ことフランス語となると、途端におとなしくなるのが特色だ。そう、我が輩は借りてきた猫なのである。

あの時も、ひどく急なことだった。「頼んでいたひとのお父さんが病気で、急遽帰国することになっちゃったのよ。なんとかならないかしら。そんな難しいことではないの。E社のひとたち、この話でフランスに来るのは三度目で、話の筋道は、すでにのみこんでいるし、技術的なことは英語でコミュニケーションがとれるはずなの。それに、現物をはさんでの話だから、なんとかなるわよ。ともかくお願いね」

なるほど話はかなりすすんでいるらしく、すべりだしは問題なかった。

先ずは、ひどく殺風景な小部屋に案内される。壁面に取りつけられたカウンターが細かくいくつにも仕切られ、それぞれのコーナーに菓子、水の入ったコップ、ペーパーナプキン、ゴミ箱が用意されている。

E社の、試食スペシャリスト？　正確にはなんという役職名なのかわからないが、ともかくすさまじい勢いで試食を行う、その道のエキスパートが真剣な表情で菓子に挑みかかる。

先ず水を飲み、口中を浄める。菓子を口に含む（決して呑み込まない）。ペーパーナプキンに吐き出す。ゴミ箱に捨てる。ふたたび水を飲み、口中に残留した味を洗い流す。また食べる。また吐き出す。またゴミ箱に捨てる。またまた水を飲む。またまた食べる。またまた吐き出す。またまたゴミ箱に捨てる。これのくり返しだ。この作業が延々と、沈黙のうちにつづくのだ。ひとつのコーナーが終了する毎に、首をかしげ、宙をまさぐるようなあやしい目つきになって、味を嗅ぎわけ、舌触りを探り、霧散した香りを拾い集める。そして、ノートにデータ（味、甘みの度合い、さくさく感、香料の強度、後味、といったものだろうか）を書き記す。ワインのデギュスタシオン（試飲）とほぼ同じ手順で、ただ相手がお菓子に代わるだけのことだ。

国によって、味の好みはまったく異なる。たとえばフランスのお菓子は、とんでもなく甘味がきつい。こめかみのあたりに絡みついてくるような甘さだ。それは彼らが料理に砂糖をつかわないから、その分、甘みをデザートにより強く求めるからだろう。香料の量も明らかにちがう。同じ製品を売り出すにしても、それらの相違点を考慮にいれないと失敗するんですよ、と試食エキスパート氏は言っていた。世の中には、われわれの考えも及ばない、様々な仕事があるのだ、とわたしはいたく感心してしまったのだった。

「なにしろ、毎日毎日お菓子づけですからね、会社以外ではもう見るのもいやですね。お菓子が目の前になくても、口や鼻に味や匂いがしみついていますから。食事も喉を通らないことがあります。どう考えても身体にはよくない仕事ですよ。これも職業病ですかね」と彼は吹き出物だらけの顔を指でなぞりながら、苦笑いした。

あとは試食のデータを見ながらの話し合いだったから、初日はつつがなく終わった。翌日は具体的な原料の問題、小麦粉、砂糖、カカオ、香料など、これも現物が並んでいたから、事なきを得た。

猫の立ち往生は最終日、三日目のことだった。

ある瞬間から、フランス人技術者がしゃべっている声が、はるか彼方の森で吹いている風の音のように遠のき、ザワザワと通り過ぎていくだけになった。

「この人、さっきから一体なんのことを話しているんですか？」と、わたしが訳すのを、今か今かと待ち受けている日本人たちに訊くわけにもいかないのだ。

頭のなかの真空状態は、どれぐらいつづいたのだろうか。気がつけば目の前のテーブルにごくごく小さな、金属製の機械が置かれていて、小麦粉をこねて、団子状にしたものを手にしたフランス人が立っている。

小麦粉のちっちゃな塊が、機械の吹き出し口みたいな穴に貼りつけられる。まるでロケット打ち上げの瞬間を見守るような、真剣な眼差しが団子に注がれる。やがて機械はかすかな音をたてながら作動しはじめ、団子に空気が入り、風船状にふくらんでいく。

ふくらんで、ふくらんで、ふくらんで、ついに、プスン、とつぶれる。

「うーん、もう少しかな、もうちょっと粘りがほしいですね」

彼らは、小麦粉の粘度を問題にしていたらしいことが、その時、初めてわかった。わかった途端、身体が笑っているみたいな、奇妙な感じに襲われた。あっちに行ったり、戻ってきたり、浮き上がったり、落ちてきたり。わが身の正確な位置がつかめない。そして、そのおかしな状態はフランス側がセッティングしてくれた食事会の最中もつづき、むやみやたらに水を欲した。それが三十九度五分という高熱のせいだとわかったのは、家に戻ってからだった。

高熱に身体を乗せ、ふわりん、ふわりん、浮遊しながら、あの時、わたしは思ったのだった。

もしこれが、人の命にかかわる事柄、あるいは国の明暗を分けるような問題だったら、通訳の力不足が、とんでもない事態を引き起こしていたかもしれない

(なにしろ高熱に浮かされているから、先ず、そんな重要な場面での通訳を、わたしが頼まれるはずはないということもわからなくなっている)。小麦粉の団子問題ぐらいのことで、ほんとうによかった。E社のひとたちには申し訳ないけど、風船のふくらみが多少悪くても、命には別状ないだろうから、と。

それから十五年ほど経った頃だったか、わたしは見かけたのだ。パリの、さほど大きくない食料品屋の棚で、あの細長いお菓子を。

苦い記憶がよみがえり、早々にその店を飛び出してしまったので、E社が、これならフランス人にも受け入れられるはず、と踏んで持ち込んできたあの製品を、最終的に製造販売したのがL社なのかどうかまで確かめなかった。

フランスで誕生し、フランス製の箱に収められた、その菓子の名は、おそれ多くも畏くも「ミカド」であった。

9

——米蘭・昆德拉『生命中不能承受之軽』

つい先日、夫の本棚に一冊の、ちょっと毛色の変わった本をみつけた。表紙には米蘭・昆徳拉『生命中不能承受之軽』と書いてある。

米粒が蘭の花びらをまとったような奇妙な虫（なんじゃその虫?）、みたいな名前の作家がいて、そのひとが書いた人工授精に関する本だろうか。この本を見た瞬間の印象はまったくそのようなものだった。だが、どうして夫はこのような本を書棚にしのびこませているのだろう。

あとで聞いたところによると、これは台湾の編集者から直々に手渡されたものだという。そう言えばミラン・クンデラからの紹介だという台湾の女性編集者が、東京に滞在しているので、是非お目にかかりたいと電話をかけてきたことがあったっけ。早速、夫は彼女の宿泊先である都内の某ホテルに赴いたのを憶えている。

そして、なんとなんと、奇妙な虫のような名前がミラン・クンデラ、本のタイトルが『存在の耐えられない軽さ』だというのだから、いやはやたまげた。

永劫回帰是個神秘概念、因為這概念、尼采譲不少哲学家感到困惑……

これはその台湾版『存在の耐えられない軽さ』の書きだしの部分だ。

永遠の回帰というのは謎めいた思想で、ニーチェはこの思想によって、多くの哲学者たちを大いに困惑させた……。日本語にすると、ざっとこういうことになるらしいから、ずいぶんと様子がちがってくる。

なんにも知らずにページを開き、先の漢字だらけの文章を見たときは、これは仏様のありがたい教えにちがいない、と考えた（帯にも「人口的教典」と書いてある）。いよいよ三つ目の漢字集団の最初の文字、尼に突き当たるあたりでは、やっぱりそうだったか、としたり顔で膝を打った。

ところが、どっこい、この尼采がなんとニーチェだというから、またまたびっくり仰天。ほんとになんにも知らないね、永劫回帰とくればニーチェでしょ、と言われたって、まさかニーチェが尼さんに化けるなんて。

おまけに最初、尼采の采を菜と読み違えたわたしは、真冬の朝、まだうすぐらいのに起きだして、自ら簡素な厨に立ち、一心に菜を刻む尼さんのすがたなど想像していたのだから、お粗末の極みだ。

日頃、ひらがなやカタカナで適度にうすめられた、いわば水割り、オンザロック状態の漢字しか見ていないので気づかなかったが、漢字というものはこうして勢揃いすると、ずいぶんと力強いものなんだな、とつくづく感心させられる。ひとつひとつ独立した立派な生命体が、極彩色の鎧で身をかためて、一斉に立ち上がってやってくるのだからかなわない。進軍の足音まで鳴り響いてきそうだ。

ミラン・クンデラ宅の玄関につづく部屋は、きわめて広々としたシンプルな空間で、四方の壁を囲む白い本箱には、世界中の国々で、それぞれの国の文字に着替えた彼の著書が、作品別にきちんと分類され整然と並べられている。『存在の耐えられない軽さ』コーナーには、今、目の前にあるこの本、『生命中不能承受之軽』も当然収められているはずだ。

現在、クンデラの作品がどれだけの国で訳されているのか、正確なところはわからないが、おそらく二十カ国はくだらないだろう。ともかく年々その数が増していることはたしかで、それに比例して、著作権の問題、翻訳の契約、再版の手続きなど、事務的な仕事を、一手に引き受けているヴェラ夫人の仕事もふえつづけているはずだ。

「ヴェラは有能だし、なにより英語ができるから、面倒な外国との交渉はすべて任せてきたんだ。初めのうちこそ彼女は嬉々としてやっていた。実際パリに来たばかりの頃は、それほどの数の仕事もなかったしね。ところが、いまではすさまじい量の雑事が押し寄せてきて、どんどん忙しくなる。彼女もかなり疲れているし、どうしたもんだろう、と考えると頭が痛いんだ」

クンデラが心配するのも無理はない。自宅内にある夫人のオフィスには、なだらかな波形を描く大きなデスクがあり、それを取りまく真っ白な棚には、国別、作品別に色分けされたカラフルな書類ケースがびっしりと収められている。その数は実に厖大なものだ。

「わたしは自分の本がどこで、どれだけ訳されているのかさえ知らない。ヴェラがいなければ、なにがどこに入っているのか、さっぱりわからない」と言いながら、われわれを玄関脇、翻訳本コーナーへと案内したクンデラは、本箱から本を抜き出してきては訊く。

「これは、あなた方の国の文字なの?」「ちがいますよ。それは中国語です」「じゃ、これは?」「ああ、それは日本語です」「え、どうちがうの? わたしの名前はどこに書いてあるの?」「ここですよ。ミラン・クンデラ。中国とちがって、日本には、漢字、ひらがな、カタカナと三種類の文字があるんです。例えばあなたの名前は、カタカナで書いてあります。外国人、外来語などはカタカナで表示するんです」

そこまで説明したところで、クンデラは頭をかかえこむ。

「おお、このような言語をわたしにどうやって理解しろというんだ。これが自分の名前で、これが本のタイトルだということさえわからない、このわたしに。無理だ！　ところで、わたしの文章が、どうしてこんなふうに縦にのびなくちゃならないんだ。タイトルや著者名は横になってるのに。横にするか縦にするかは、だれが、どうやって決めるんだ！」

そこで、クンデラ、いきなり、叫ぶ。

「自分の書いたものが、日本や中国で正しく訳されているのかどうか、わたしはどうやって確かめればいいというのだ？　教えてくれ、フサコよ！　あなたのご亭主は、わたしの作品を間違いなく訳しているの？」

「それはわかりません。わたしは翻訳されたものしか読みませんから」

「どうして今の今まで考えなかったのだろう。もしかしたら日本人は、わたしの文章とは、似ても似つかないものを読まされているかもしれないということに。ヨーロッパの言語なら、わたしにも大体わかる。全部わからなくても、おおよその見当はつく。だが、このような文字になったら手も足も出ない。中国と日本の区別もつかない」

そう言って、左右の手に振り分けて持った、中国語と日本語の『無知』をにらみつけたのだった。

「これなら許せる。なにもわからないが無条件に許せる。たとえ、わたしの文章が、どんなによじ曲げられようが、全面的に間違っていようがかまやしない。美しい模様をみていると思えば、それだけでこころが休まる」

そう言いながら見せてくれたのは、アラビア語の翻訳書だった。文字のなかから妙なる調べがきこえてきそうな、それはたしかに麗しい文字の連なりだった。

「ところで、これはどこの国？　この○や□で出来た、わたしには全部同じように見える、記号みたいな文字の国は？」「韓国ですよ」「おお……。ヴェラ、あんたは全部わかるの？　これが日本で、これが中国で、これが韓国だってことが」

「もちろん、わからなければ分類できないでしょ、フユゥー、フユゥー（口笛）」

今、目の前にある台湾版『存在の耐えられない軽さ』を改めてしげしげ眺めながら、わたしは思った。どうやったら米蘭・昆徳拉がミラン・クンデラで、『生命中不能承受之軽』が『存在の耐えられない軽さ』だとわかるようになれるのだ、と。教えてくれ、尼采よ！

10——ふだん着のクンデラ

パリ七区、レカミエ街の、奥まった閑静な一画にある、ミラン・クンデラの住まいを訪れるのは、わたしにとっては一九九五年以来、七年ぶりのことだった。約束の時間きっちりに、建物の玄関前でクンデラが待っていてくれるのはいつものことだが、今回はなんと表通りまで飛び出してきて、わたしたちを迎えてくれた。骨組みのがっちりした、いかつい身体つき、一見こわそうな顔立からは想像もできない、はにかんだような笑顔に出会うと、ああ、やっぱりこういう人だったんだ、よかった、とその度に納得し、その度にほっとさせられるのだ。

現在、建物内外の大々的な改装工事中ということで、以前とはすっかり感じが変わって、超モダンに変身したエレヴェーターホールの、まずは、やけになまめかしいピンクに塗り替えられた壁に向かって悪態の限りをつくしたのち、その壁に取りつけられた、たしかにそこだけわざとらしく浮き立って、全体の調和を著しく乱している、金属製のレリーフに平手打ちを数発くらわした。「どんな趣味の悪い連中が、これ以上ないほど醜悪な色を塗りたくってなおあきたらず、このグロテスクなガラクタをはり付けようなんて考えたんだ！」やたら元気にエレヴェーターホールをはね回りながら（大きな身体をバタつかせて）、文句をひとしきり並べたてる。大作家に向かって失礼だが、こういう子供が時々いるな、と考えたらおかしくなった。

客の来たのがうれしいのに、うれしがっている自分に照れて、わざと悪態をついたり、普段はやりもしない悪戯をしてみたり、興奮して走ったり。そういうことをすればするほど、自分たちの訪問が彼をよろこばせているらしいぞ、と感じて、ついこちらも顔がほころんでしまうのだが。意表をつくようなクンデラのパフォーマンスは、どことなくそんな子供の行動に似ている。少々あらっぽいがこれが彼流《かれりゅう》、最大級の歓迎の仕方であるらしい。

つぎなる悪戯はエレヴェーターの扉叩きである。バン、バン、バン。強烈なパンチをエレヴェーターの扉に浴びせたあと、ドアが開くと、われわれだけをを中にねじ込み、自らは「革命があった国にはあるまじきこの明らかな差別！」と大声で叫びながら、裏手にある従業員用エレヴェーターに向かって身をひるがえしたのである。

外壁の塗り替えのため、建物全体がすっぽりとシートで覆われ室内は昼なのにうす暗い。「ブラインドを開けようものなら、やぐらに乗って作業をしている人と目が合っちゃうから生きた心地もしやしない。昨日なんか簡単な昼食をつくっていたら、いきなりキッチンの前に人の顔がぬっと出てきたのよ。なーんだ、この家はこんなもの食べてるのか、といかにも興味津々という目つきで見てるの」とヴェラ夫人は嘆く。ちょっとした工事でもかなりの手間暇がかかるお国柄。あれだけ大がかりな改造となれば、工期は年単位になること間違いなしだ。

室内に入ると、展示されている絵画や、本棚に置かれた立体作品などについての説明をしてくれるのが常だが、ただ漫然と眺めるというわけにはゆかない。あとで必ず感想を尋ねられるからこころして拝見しなくてはならないのだ。どの絵が一番好きか、これのどこがいいのか、と矢継ぎ早にくる。そしてたまに、あなたはなかなかいい鑑賞眼をお持ちだ、とほめてくれたりもする。先生に引率されて、感想文の心配をしながら展覧会を観ている気分である。フェデリコ・フェリーニのデッサン。フランシス・ベーコンや夫婦で気に入っているというマルティニックの作家の作品。一九五〇年代のチェコ人作家の静かな小品。いずれもひと癖もふた癖もありそうな難物だ。感想を言うのもひと苦労だ。

　壁の上部にさりげなく、クンデラ自身の作品が飾られている。横長の画面にふたりの人物が描かれている。中央に張られた不安定な綱の上の左端にクンデラ、右よりに大きく膨らんだ形で描かれているのがヴェラ夫人。彼女は今、大いに怒っている。「いつまでも怒ってないで、はやくこっちにおいでよ」とクンデラが手を差しのべている、先日聞いたところによると、そういう図らしい。ユーモアとアイロニーが悲しみをぶら下げて歩いているような絵だ。

　ひとしきり室内見物が終わったところで持参した日本酒と夫人へのお土産、浴衣と帯の披露へとうつる。浴衣を打ち掛けのように羽織り、帯をストールみたいにだらん、とたらして登場した夫人に大笑いし、正しい着用の方法を一応説明はしたものの、とてもマスターできそうにないと見て、コットンのこういった類の衣服は着物と見なす必要はない。湯上がりのガウンと思って、気楽に扱えばよろしい、ということで一件落着した。

「サケ、サケ、大好きなサケがやってきた」。陶器の入れ物に入った日本酒に夫婦ではしゃいだかと思うと、さっそく飲もうと言い出した。いくらなんでもサケを飲むにはちと早すぎると夫が止めにかかる。それじゃいつものあれにしよう、と最近気に入っているというボルドーのハーフボトルを持ち出してきて、再会を祝しての乾杯となった。

軽く喉がうるおったところで、彼らの住まいとは目と鼻の先にある「レカミエ」というレストランで昼食をご馳走になる。かつてシャトーブリアンをはじめ、数多の男性が訪れたという、美女の誉れ高い、かのレカミエ夫人の館があったことから、この一画がレカミエ街となり、その名をちゃっかり頂戴したかたちのこのレストラン、著名人のたまり場にもなっているらしい。

「いつだったか、レジス・ドゥブレと食事に来たら、あの、スノビスムの権化みたいなベルナール・アンリ・レヴィご一行様がお食事の真っ最中だった。それを見たレジス・ドゥブレ、いきなり席を蹴って帰ってしまった。いくら嫌いだからって大人げないとはおもったけど（と言いつつも、彼もベルナール・アンリ・レヴィが嫌いらしい）、われわれもそれにつづいた。あの時のレヴィのぽかん、とした顔ったらなかったな」

若かりし頃、レジス・ドゥブレ（小説『雪が燃えるように』。驚いたことに、わたしはその装幀までやらせていただいているのだった）、ベルナール・アンリ・レヴィ（評論『人間の顔をした野蛮』）、両氏の著書を翻訳したことのある夫は複雑な顔をして押し黙っていた。なんと今見れば、二冊は同じ出版社から出ていて、おまけに、どちらにも著者直筆サインがある。ベルナール・アンリ・レヴィのサイン、心電図における不整脈みたいだ。どうやっても読めない。

　ベルナール・アンリ・レヴィ（八十年代、フランスで台頭した「新哲学派」の演出者兼、立て役者）とは、彼が講演のため日本を訪れた折、わたしも会ったことがある。講演も聴きに行ったが、内容のほうはまったく記憶にない（というより、聴いてもわからなかったというほうが正しい）。ただ、彼の並大抵でない気取りようだけは、今でもはっきりと思い出せる。わざとアイロンをかけなかった、しわっとした白いワイシャツのボタンを三つほどはずし（この着くずしのテクニックが、インテリジェンスと容姿をいやがうえにも引き立たせるはず、との計算によるものらしい）、黒いズボンをはいて登場した彼は、無意識なのか、それともそうすることが習慣になっているのか、センテンスを自分にとって都合のよい地点（つまり彼の発する言葉の波が、もっとも効果的にかがやく場所）で切るという（同時通訳を担当したのは、その道の第一人者である、友人の三浦信孝さんだったが、彼も大変苦労したらしい）、独特の話法を用いて聴衆の目と耳を魅了しようと計る。好き嫌いは別として、間違いなくハンサムな（わたしの好みを言わせていただけるなら、文句のつけようがないほどに整った目鼻、唇が中央付近にきっちりと集結した、なんというか、りんごの芯みたいな、ああいった顔立ちは好きではない。別段、あなたに好かれなくてもいいもんね、とご本人はおっしゃるだろうが）若き哲学者が、舞台俳優みたいに、ポーズや立ち位置を微妙にかえたり、時には演台に腰掛けたり、といったキザな演出を交えながらの熱演に、ここまでやるか、と驚いたものだった。

「近いから行くようなもんだが、あんな気取ったレストラン、ほんとうは大嫌いなんだ」

店を出た途端、クンデラは大きい身体を折り曲げて、小声でささやいた。

翌日、クンデラの仕事部屋（自宅とは別の階にあり、彼の言葉を借りれば、妻の監視を逃れてしばしばここに身を隠すらしい。そしてそこに身を隠しているアルコール類とのスリリングな逢瀬も楽しむらしい。こういう空間は男には、というより、わたしたちのような仕事をする人間には絶対必要なんだと彼は強調した）で、かつての弟子だという、フランス人の若き批評家、F青年を紹介されることになっていたので、再びレカミエ街へ。例によってクンデラは建物入り口付近で、われわれを待ちかまえていた。

「入る前に見せたいものがあるんだ。これを見ればわたしがいかに哀れな情況のもとに日常生活を送っているか、おわかりいただけると思う」

そう言って、彼はジャケット（なかなかの高級品）のポケットをひっくり返した。ポケットの裏地にはいくつもの穴があいて、鍵やコインがこぼれおち、かろうじて前身頃の突端に身を寄せあっている。

「とはいうものの、きょうはどの穴から鍵を取り出そうかと迷う楽しみもまた捨てがたく、妻に穴の繕いを頼むのをためらっているんだ」

チェコ人といえば、わたしはクンデラ夫妻しか知らないが、チェコで暮らしたことのある友人によれば、彼らは大体において冗談好きらしい。

他国の侵略に掻き回されつづけて、いい加減悲劇に慣らされたチェコの人々は、まるで防寒具でもまとうようにユーモアを身につけ、そのなかに自らを紛れ込ませながら長い冬を生き抜いてきたのだろう。だからかもしれない、わたしはクンデラ夫妻の放つ冗談のなかに、羞じらいとも諦めともつかない独特な空気を感じる。ふーっ、とジョークの泡を空中に飛ばしておいて、こちらが笑うころには、本人は物陰に退散してもういない、というふうな、どこか醒めて、乾いた空気。

部屋に入ると、先に到着したF青年が黒のソファベッドに投げ出された黄色いクッションに背中を預け、自分の家にいるように、のびのびとくつろいでいた。わたしは彼に紹介を受けたあと、すぐに立ち去る心づもりをしていた。三人が文学的な、難しい話題に入る前になんとしても逃げ出さなくては、と頃合いを見計らっていた。「友人との待ち合わせがあるので、これで失礼します」。予定どおりのセリフを言い、そそくさと立ち上がるわたしを、玄関まで送ってくれながら、「ところであなたFをどう思った?」と早速きた。「とてもナチュラルで感じがいい人ですね。それに若いにもかかわらず安定したおとなだと思いました。若いのにおとな、こういう人はいるようで、残念ながら滅多にいないです。特に日本には」と答えておいた。

その夜、翌日の予定のことでクンデラからホテルに電話がかかってきた。すぐに夫に受話器を渡そうとすると、またまた質問が始まった。

「男三人を見捨てて、あなたはどんな楽しい午後を過ごしたの?」

友人に会って、それから小さな買い物をしてなどと、先生の問いに対してカチカチに緊張しながら答える、生真面目な生徒みたいな口調で説明したあと、わたしは「あ、Fさんについて、ひとつ言い忘れたことがあります。声です。彼は声がとても素晴らしいと感じました」と昼間の質問への答えを追加した。声がいい、という感想はクンデラをことのほか、よろこばせたようだった。

「あなたは大変いいところに着目された。声、これはその人の持っているエネルギーのバロメーターで、人物を見定める重要なポイントになるとわたしは思ってる」

後日会うと、また訊いてきた。「この前、Fの声をほめてたけど、それじゃわたしの声はどうなの?」「深い、魅力的な声です」「よくもそんなお世辞が言えたもんだ。弱り切った、力ない声なのに……ふふふふふ……」

笑いながら、こちらの反応をじっと窺う。たしかにわたしの答えのなかには、何パーセントかのお世辞が混じっている。それはクンデラ、百も承知だ。だが、そのお世辞が正確に何パーセントなのか推し量る気配がある。ほんとうに弱々しく、力なく、ちょっと老けた感じに、小さくこごまって。そしてある時、ドビャッ、と立ち直る。大きく、力強く、したたかそうにさえ見える顔をして。こうなるともう、わたしなんかの出る幕ではない。小説家、ミラン・クンデラのひとり舞台である。

今回の滞在中、何度も食事を共にしたり、お酒を飲んだりするうちに、クンデラ夫妻がいつの間にか、わたしをプレノン(名前)で呼んでくれるようになっていることに気づいた。それはうれしいことなのだが、どうも、大好きな「サケ」に「フ」をくっつけちゃえばいい、そんなふうに覚えたらしく、「フサコ」が「フサケ」になっている。わたしもサケが嫌いじゃなし、「フサケ」でけっこう、上等だ、と敢えて訂正しないままでいた。

帰りがけにクンデラ自身が序文を書いている、ヤン・ライクという写真家の二冊の作品集をプレゼントしてくれた。この写真家の撮りつづけたプラハ、人も音も時もない。ただ風景だけがしーん、とそこに、在る。

日本に戻って、クンデラの献辞を見ておどろいた。ちゃんと「フサコへ」、となっていて、「フサケ」が彼らの「フザケ」だったことを初めて知った。

11

——ミラン・クンデラは写真が嫌い

ミラン・クンデラは大の写真嫌い、インタビュー嫌いである。ましてやテレビ出演など、もってのほか。

そんな彼に、俳優のように気取ったポーズをとって、雑誌に繁く登場したり、テレビに出たがる作家の悪口を言わせたら、止めどもなくなる。

本には多くの場合、著者の略歴と共に本人の近影が添えられるが、彼の場合、同一の写真がくり返し使用されることもめずらしくない。そのほとんどはヴェラ（夫人）が、ふざけて撮ってしまったものなのだそうだ。

「写真を撮られるのが嫌いかって？　嫌いなんていう、そんな生やさしいものではない。わたしの場合、これは一種の病気と言っていい。どうしてなのか自分でもよくわからないけれど、カメラを向けられると、その場から一目散に逃げ出したくなるんだ」

いかに自分が被写体になることを嫌悪しているか、というそんな話の流れだったと思うが、クンデラがいきなり、フランスの政治家のなかでわたしはフランソワ・ミッテランが一番好きだった、と告白したことがあった。ある特定の人物を批判したり、皮肉ったり、こきおろすことはあっても、だれかを手放しで好きだ、などと言うのを聞いたことがなかったから、その時のやや顰《ひそ》めた声や、彼が大統領だったから好きになったわけじゃや、断じてないよ、ひとりの人間として、案外いいやつなんだな、と思っただけのことさ、そう言いたげな、照れ混じりの表情をよく憶えている。

「ある日、われわれ夫婦はミッテランから食事の招待を受けた。わたしは、もう穴があったら入りたいような心地だった。顔から火がでそうだったよ。なにしろ小説のなかで、彼のことをさんざんおちょくった後だったからね。わたしは、下を向いたまま、おそるおそる彼と握手したんだ」

一九七五年、チェコから亡命したクンデラ夫妻は、フランソワ・ミッテランが大統領になり、社会党政権が樹立された一九八一年に、正式な市民権を得て、フランスに帰化した。祖国チェコを去ることを余儀なくされ、国籍を失ったかたちだった彼らにとって、ミッテランこそが、大恩人と言ってもいい。いかに小説の

して、さんざん揶揄《やゆ》しておいて、とお招ばれしてしまったあと、当の本人から、どうぞお食事にお出でください、とお招ばれしちゃったというのだから、間がわるいことこの上ない。どの顔下げていけばいい、とさすがのクンデラもあわてた。

なかとはいえ、こともあろうに、その恩義ある御仁を実名で、さんざん揶揄《やゆ》して

一九九〇年に刊行されたクンデラの『不滅』という小説のなかに、フランソワ・ミッテランはこんな恰好で登場する。

「現代のヨーロッパの政治家すべてのなかで、フランソワ・ミッテランは、おそらくその心中で不滅にもっとも大きな場所をあたえている政治家である。一九八一年に、大統領選挙のあと行われた忘れがたい儀式のことを私は覚えている。パンテオン広場には熱烈な群衆が集まっていたが、彼はそこからひとり離れていった。薔薇の花を三つ手にもって、〔パンテオンの〕広い階段をのぼっていった（ゲーテの描写した舞台幕の、《栄光の殿堂》に向かうシェイクスピアとまったく同じように）。それから民衆の眼から姿を消して、六十四人の名だたる死者たちの墓にかこまれてただひとり立ったが、その物思わしげな孤独のあとを追うのは一台のカメラと、撮影チームと、ベートーヴェンの『第九』のひびきわたるなか、テレヴィの小さな画面をじっと見つめる数百万のフランス人だけ。彼はすべ

てのなかから選んであった三人の死者の墓に、つぎつぎに薔薇の花を置いた。測量士のごとく、彼は三つの薔薇の花を三つの目じるしのように、永遠をつくる広大なる工事現場の上に置き、こうしてその中心に彼の宮殿を建てるべき三角形の区画を定めたのである。」（菅野昭正訳）

現世での最高の栄誉ともいうべき、大統領という地位を射止めたばかりの人物が、それだけではまだ足りなくて、今度は死後の栄光の場所、不滅の陣地を確保するために、カメラマンや撮影班まで動員し、薔薇の花（フランス社会党の象徴）なんぞ持って、パンテオン（偉人を合祀する霊廟）まで行進し、派手派手しい儀式までやるんですか？　そんなことまでして人々の記憶に、自分の姿を焼き付けたいんですかねー、へーえ……。とせせら笑うような調子で書かれたんだから、さぞご立腹だろうと思いきや、ミッテラン（もちろん彼の小説を読んでいたはずの）、怒るどころか、実に友好的な笑みを浮かべて夫妻をこころから歓迎してくれた。なかなかの大人である。そして、なによりもミラン・クンデラを感激させたのは、彼の病的写真嫌いを、予めリサーチしていた大統領は、通常はいかなる場所にも伴うカメラマンの入室を完全にシャットアウトし、客人の恐怖心を取り除くという、こまやかな配慮までしてくれたというのだ。もうそれだけで、この人はいい人だ、といっぺんに好きになっちゃった。それ以来、彼のことは一度たりとも悪く思ったことがないよ、とクンデラは、ふ、ふふ、ふふふ、と笑う。

マスコミの追求を「エ・アロール？」（だから？　それがなんだって言うんだ？）とかわしたことで、つとに有名になった（この「エ・アロール？」、なにしろ、かの渡辺淳一先生が、みずからの作品のタイトルにお使いになったぐらいですから）大統領の隠し子問題でも、徹底してクンデラはミッテランをかばう。

「妻以外の女性と、その女性との間に出来た娘さんが、彼のせいで不幸なめにあってるとでもいうの？　まったくそうじゃない。彼女たちはいたってのびやかに、人生を謳歌しているよ。それでいいじゃないか。まったくの個人的問題だし、当事者たちが、きちんと納得していることだ。他人がごちゃごちゃ言う筋合いのものではない」

おそろしいカメラマンの存在を消してくれたことがきっかけで、ミッテランを好きになった（もちろんそれだけではないだろうが）というほどだから、彼の写真嫌いも相当なもののようだ。

その話を聞かされる以前のことだが、夫は写真を撮ることを生業とする息子を伴ってクンデラ邸を訪問したことがある。クンデラの訳者のひとりである夫は、新しい本のために出来たら彼の近影が欲しいと、ごく単純に考えていた。写真嫌い、とは承知していたが、まさかそこまでとは思わないものだから、もし許可がとれれば息子が早速、持参のカメラで撮影という手筈をととのえていた。ところが、その話をした途端、クンデラは困惑した表情をうかべ、こう言った。

「まことに、まことに面目ない、ほかのことならともかく、その頼みだけは、どうにもならない。どうかゆるしてほしい。だめなんだ。これは病気だ。それもかなり重症の。哀れな病人のたっての願いだ。どうか写真だけは撮らないでくれ」

そうまで言われては仕方がない。もちろん即断念した息子は、「せめてものお詫びに」とクンデラ自ら序文を添えたフランシス・ベーコンの画集をサイン入りでプレゼントされた。

彼がなにより保護したいと望むのは、彼が創りだした作品、そのなかに登場する人たちであって、断じて自分自身ではない。「小説家は二義的なものをすべて排除し、自分自身のために、そして読者のために、本質的なもののモラルを説くべきだ」（『カーテン－7部構成の小説論』）と断じるクンデラにとって、作家の顔写真など、読み手の想像力に水をさす邪魔ものでしかない。ましてや日常的なスナップだの、テレビ画面での作り笑いなど論外というわけだろう。

「芸術家は自分が生存しなかったのだと後世に信じさせるべきである」というフロベールの言葉に、そうだ、そうだ、と深く頷くクンデラは、「美的な計画に基づく長い仕事の成果」である作品だけを読者の手にわたして、静かに消えていくのが、作家のあるべき姿だと考えているにちがいない。そして心中、呟いているはずだ。

「美的な計画に基づく長い仕事の成果である作品がすべてです。それでいいでしょう。なにを補足する必要がありますか? 写真入りの雑誌のインタビューだの、テレビ番組なんかで……」と。

12——クンデラの振り子

これは食べてもいいものかな、わるいものかな、ここはひとつ振り子に訊いてみることにしよう。

長さ十五センチほどの細い鎖の先にクリスタルのおもりがついた振り子が、黒いビロードの袋から取り出され、運ばれてきたばかりの料理のうえにぶら下げられる。おもりが皿のほぼ中央に位置していることを見届けると、振り子が旋回を開始する。最初はゆるゆると、次第にブンブン、と力強く。

「おーお、大いに食べるべしって言ってるぞ。どう？　そっちは？」

「グリンピースを除いてオーケーだって」

ミラン・クンデラ夫妻とパリで食事をする度に、この摩訶不思議なオマジナイ（？）を、われわれは目撃することになる。おそらくはジプシー占いがルーツであろう「振り子の儀」が終わるまで食事はお預けである。

彼らが一見、子供だましみたいなこんな儀式を始めるに至ったのには、ひとつのキッカケがあった。それはヴェラ夫人のジンマシン（漢字にするつもりだったが、蕁麻疹という字、あまりにもかゆそうなので、やめることとする。実はわたしも十数年前、一度やられたことがあって、その時のかゆさを思い出さずにはいられないからだ。特に蕁麻疹の蕁、見ただけでかゆくなってくる。ううー、カ・ユ・イ！）なのだ。

海辺で友人達と食事をしたあと、彼女は初めてジンマシンなるもののお見舞いを受けた。それはそれはおそるべきもので、その時の彼女はふためと見られぬほどひどい顔で、ほかにどういう言い方も出来ないほどの状態だったらしい。

翌日彼女を見たジャーナリストの友だちが思わず叫んだぐらい。

「ヴェラ、きょうのあなたは、実にひどい顔をしてる！」

その話をしておいてから、クンデラは大急ぎでつけ加えた。

「みんながその日の彼女をひどいと感じたのは、普段、彼女が美しくて、魅力的だからなんだよ。きれいだ、美しい、としか言われたことのない彼女が、なにかの食品が原因で盛大に飛び出したジンマシンのせいで、とんでもない形相になり、すっかりしょげ返っているのを元気づけようとして、わたしも、その友人もわざとそんなことを言ったんだ。本人もしまいには笑い出したよ」

笑ったはいいが、一体全体、自分の身体に侵入して、こんな悪さをしたのは、なにものなのか、その正体を突き止めずにはいられない。その日食べた食品をことごとく洗い直してみたがわからない。だいいち、同じものを食べても、ほかの人はなんともない。やられたのは彼女だけというのも不可解だ。それ以来、度々彼女は原因不明の発疹に襲われるようになった。食事の内容はその都度ちがうものだから、ますます混乱し、いよいよ神経質になる。

わたしは一体なにを食べればいいの？

深刻に悩む妻を見て、クンデラは途方に暮れた。そして彼は決意した。いっそ、振り子にお伺いをたてよう。

「昔、わたしの母がやっていたのを思い出したんだ」

彼の口から「母」という言葉が発せられたのは、わたしが憶えている限り、それが初めてだった。父親をモデルにしたと思われる人物は、小説のなかにも度々登場するし、会話のなかにもよく出てくる。自宅の一角に音楽家だった父親の顔写真（なかなかの美丈夫である）、コンサートのプログラムなどが飾られたスペシャルコーナーまでもうけているほどなのに、何故か母親の話はまったく、といってもいいほど出てこない。そんな彼が小声で、ころがすように発音した「わたしの母」という言葉に先ずおどろかされた。

一向に原因のつかめない食品アレルギーをキッカケに、あらゆることに過敏になり、傷つきやすくなってゆく妻の神経をなだめるために、なにが出来るだろう。ワラにもすがる気持のクンデラがすがったのは、ワラではなく母の思い出につながる振り子だったというわけだ。

料理からワイングラスへと移動した振り子は、力なくかすかにまわり、終いには完全にうなだれてしまった。

「赤ワイン、きょうはダメらしい。日本のサケのうえで振り子は、いつだってあんなに元気にまわるのに……」

まさか、ほんとうに振り子がお託宣《たくせん》をするとは信じがたい。知的で冷静な彼らが、こんなオマジナイを本気で信じているとも思えない。かと言ってふざけているふうにも見えない。

食卓でくり広げられるこのオマジナイを眺める度に、わたしは悲しいような、逃げ出したいような、なんとも言い表せない辛い気持にさせられる。

皿の上でまわる振り子がさがしているのは、彼らがこれから食べるべき食品なんかじゃなく、ほんとうの居場所、帰るべき家、生命の軸、生活の実感なのではないか、そんな考えがふと、頭をよぎるのだ。

幼い兄妹が手をつないで森に出かける。無我夢中で遊び回っているうちに、あたりはすっかり日が暮れて真っ暗。家に戻ろうにも道がわからない。迷い歩いているうちに、どこに帰ろうとしているのかさえおぼつかなくなってくる。心細さにふるえながら、つないだ手に力をこめる。これをはなしたらおしまい。代わりの手はないのだから。真剣な目つきで振り子の旋回運動を見つめているふたりに、そんな映像がだぶる。

秘密警察、密告、罠、逮捕、陰謀、脅迫、攻撃。ぞっとするようなおそろしい言葉が、日常のどんな小さな穴にも潜んでいて、プライバシーを四六時中脅かす。一体、なにを、だれを信じていいのかわからない緊迫した状況下にあったチェコで、プラハ映画学院の教職の剥奪、小説の発禁という窮地に追い込まれたクンデラは伴侶であるヴェラ夫人とともに、一九七五年、フランスに移り住むことを余儀なくされた。

「ああ、どうしてわれわれは亡命先にフランスなんかを選んじゃったんだろう。何故イタリアにしなかったのか、悔やまれる。ドイツのほうがマシだった、と思うことさえある」と、一度彼が言ったことがあった。

「おそらく、彼らが亡命先にイタリアを選んでいたとしたら、もっと後悔しただろう、何故かって、イタリアのほうが、亡命者には数倍きびしい国だから」と、あとでその話をしたらイタリア人の友人、マッシモは言っていた。

よその国で、外国語を話しながら生きること。それはその国の人たちが軽やかに走ってゆくのに、そのあとを二十キロの荷物を背負って、よたよたとついて行くみたいな心地だ、と『無知』のなかでクンデラはヨゼフという登場人物の気持に言寄せて語っている。外国語を話しながら外国で生きることが、大きな荷を背負うほどのものなら、チェコ人であるクンデラがフランス語で小説を書く。それも世界中の読者をうならせるような物を書くということの苦労たるや、どれほどのものだろう。例えばの話、わたしがフランス語で手紙を書き（こんなところで自分を引き合いに出すとは、あまりにもおこがましいとは存ずるが）、自分の胸のうちにある想いをそっくりそのまま、フランス人の胸のうちに移しかえることができるだろうか、と考えてみるだけで、深い絶望感におそわれてしまうほどなのだから。

いつになってもしっくりと身体に馴染んでこない、ゴワゴワの衣服をまとって、足に合わないブカブカの靴を履いて歩いているような、収まりのわるさはどうだろう。それじゃいっそ、祖国に戻るか。緑あふれるなつかしい小径のあるあのプラハへさ。捨てた国は「帰ってこーいよ」、と呼んでいるような気がする。ところが、いざ行ってみれば、想い描いていた牧歌的なイメージとはかけ離れた、見覚えのない異国のような変わり様だ。

久々に再会した家族も友人も、妙によそよそしい。外国での暮らしの様子などだれひとり訊いてこない。彼らにとって、亡命者は既に消え去った人間。国を捨てた人間として、別のファイルに整理済みの少々やっかいな存在でしかない。外国で日々感じている違和感、疎外感、欠落感を、ふたたび祖国で味わうことになろうとは……。クンデラのみならず、同じ状況のもとに、国を去った人たちは、変わり果てた故郷を前にして、呆然としたはずだ。まさか……こんな変わりかたをするなんて……。

「会いたい友人も何人かいる。むこうも会いたがっている。でも、ヴェラはもういやだって言うんだ。飛行機がダメだし、汽車の旅は時間がかかりすぎてこれもダメだってね。ひとりで行くぐらいなら、行かないほうがいい。会いたければ今は、彼らが、こちらに来ることもできるのだから……」

独り言のようにクンデラが言ったことがある。

前回の食事のとき、ヴェラはきれいな指輪をはめてきた。

「チェコにいた頃、ユーゴスラヴィアに行ったの。その時に買ったのよ。たしか、のみの市みたいなところで」

お金なんか全然なかったけれど、とても楽しかったというユーゴスラヴィアへの旅。その思い出につながる指輪。「安物だけど、好きなのよ、これ」。指輪をはめた手を日にかざすようにして、彼女はぽつん、と言った。

置き去りにしてきた原点に、ふっと立ち戻りたくなったとき、彼女が人知れず押す秘密のボタン、指輪はそんなふうに見えた。

13
——ポ・ト・フ

ご主人（以後、わたしはこの人をジ様、と日本昔話風に呼ぶ）は真っ赤なタートルネックのセーターのうえに、チャコールグレーの上着を伊達に羽織り、奥さん（以後、わたしはこの人をバ様、と呼ぶ）のほうはベージュのセーターに真っ赤なストールを小粋に巻いている。オシャレで、陽気で、健啖で、好奇心満載の老夫婦が、シェフおすすめのポ・ト・フを、ワインを豪快にやりながら、仲良く美味しそうに食べている。ふたりは同い年、そろって八十八才だというからびっくり。つやつやの顔はワインに染まって、すっかりピンク色だ。

デザートを選ぶ段になると、ジ様もバ様も真剣そのもの。息をはずませる音まできこえる。ふたりが選んだのは、どんぶりの頭上に、ぷわぷわにふくらんで盛り上がる、巨大なチョコレート色のスフレ。大振りのスプーンで、スフレを割るのもふたり一緒。

「なー、バ様よ。ここにほんのちょこっと、コニャックをたらしたら、どんなもんだろう。もっとおいしくなると思うんだがなー、ワシは」

ジ様が、ひそっ、とささやくと、バ様がひそっ、とうなずく。なんか、ふたりはカワユイのである。

やおら立ち上がったジ様。その足で厨房へとまっしぐら。なんとコニャックのビンなんぞぶらさげて戻ってきた。

「こりゃいける！　いい考えだったろう。どうだ？」

バ様はまたひそっ、とうなずく。

クンデラ夫妻といつも昼食を共にする「レカミエ」というレストラン。最近、オーナーもシェフも代わり、なかなか良くなった、と評判らしい。庶民的な雰囲気のなかで家庭的な味が楽しめるというのが受けてか、若い客もふえ、なるほど前よりずっと活気がある。

店内は満員御礼。隣席の人と、どうかすると腕が擦れ合ってしまうぐらいの、ぎゅうぎゅう詰めだ。クンデラ夫妻とわれわれが案内されたのは、奥まった席の角、隣り合わせたのが前出の老夫婦というわけだ。

わたしの斜め前にすわっていたジ様、日本人がフランス料理を食べるのを見るのは、彼の人生において初めてのことだったのか、興味津々で、話しかけたくて話しかけたくて、うずうずしている感じがビリビリ伝わってくる。

　ひと足遅れて食事を始めたわれわれの席に、シェフおすすめ特製ポ・ト・フ、彼らが既に食べ終わったのと同じ料理が運ばれる。具とスープが別盛りになって出てきた。大きめのティーカップに入ったスープのほうを指さし、それをば先ずは飲んでみろ、とジ様は熱のこもったジェスチャーで指示をとばしてくる。わたしがスープを飲むのを、息するのも忘れたみたいな顔でじっと見守っていたが、もう待ちきれないというように、「どうです、美味しいでしょ」としたり顔で言う。

　いよいよ具のすね肉にナイフを入れると、日本でも人々は肉は食べるのかと訊いてきた。クンデラ夫人、ヴェラがおもしろがって、わたしの代わりに答える。

「肉？　とんでもない。日本人は生の魚しか食べません」

　ジ様、なっとく顔で深く頷き、そんな日本人がフランスで、初めて肉を口にする、貴重な瞬間に立ち合えたよろこびに打ちふるえている様子。

「どうです？　この柔らかく煮込んだ牛のお味は？」

　ジ様に穴があくほど見つめられていたら、いつの間にかわたしは着物を着て、日本髪を結い、おちょぼ口に紅などさして、生まれて初めて使うフォークとナイフと悪戦苦闘しながら、肉に挑みかかっているような気分になってきた。ジ様の頭に浮かんでいるニッポンとは、一体何時代のものなのだろう。

「日本人だって、肉を食べますよ。牛も豚も鶏も、ジビエ（猟獣肉）も。特に、ポ・ト・フは、わが国にもすっかり定着しています。わたしもよく作りますよ」

そう言うと、ジ様、まるでキツネにつままれたみたいなのけぞり顔になり、しばし無言。

「だが、ワインはまさか飲まんでしょう」「飲みますよ。日本にもワイン好きはいっぱいいます」「ひぇー　だが、フランスのワインは飲まんでしょう」「飲みますよ。フランスワインは日本でも買えますから」

正確な地点はつかみきれないが、ともかく極東の、細長い島国であるところの日本で、フランス料理やフランスワインがひろまっているというのは、なんにしろめでたいことではないか。ああ、長生きはするもんだ。いい話をきいた。心底、感動したふうなジ様、目くばせひとつで、いつの間にかバ様から食後酒を飲む許可までもらっている。

その時、濃紺のコートに身を包んだ背の高い女性が、われわれの席の脇を横切った。ひらっ、と一瞬。そのひらっ、がこっちの目をさらいとる。

「キャロル！」

ヴェラの呼びかけに、振り返った女性、女優のキャロル・ブーケだった（時々、化粧品の広告などで、きれいにメイクした華麗な姿を見かけるが、日本での知名度はそう高くない。「美しすぎて」という映画が封切られたぐらいだろうか。「美しすぎて」というぐらいだからこの映画、彼女の美しさがなければ成り立たないわけである）。サングラスをはずすと、ノーメイクに近い小顔は、いい具合に日に焼けてピッカピカ。友だち同士らしい、親しい言葉をいくつか交わしてから、ヴェラが「日本人の友人たちよ」とわれわれを紹介した。キャロルは、いやみのない、さわやかな笑顔をむけて握手をしてきた。

「じゃ、近いうちにね」。後ろ姿もぬかりなし。歩き方もひと味ちがう。

なかなかやるもんだな、女優って、とその華やぎにわたしは見とれた。夫にいたっては見とれるどころではなかった。握手したときの手の感触が忘れられないなどと、臆面もなくほざいたうえ、最近悩まされていた手の平の炎症が、不思議なことに彼女と握手したあと、快方に向かい始めた気がする、とまで言い出す（これをわが家では「キャロルの奇跡」と呼んでいる）。そんな夫をヴェラはからかった。

「彼女はオリーヴ畑を持っていて、オイルまで自分の手で搾ってるらしいから、油の搾りかすじゃないの、その手の感触とやらは」

それにしても不思議でならなかったのは、われわれにとっては忘れがたい思い出となった、女優の出現が、ミラン・クンデラとジ様にはいかなる感慨ももたらさなかったらしい、という事実である。

キャロルはクンデラの背中越しに夫と握手し、ジ様の肩越しにわたしに手を差し出した。自分たちの背中や肩のあたりに、すらりとした手がさっ、と出てくる。それだけだってなんらかの反応があってしかるべきだろうに、ふたり、つまりクンデラとジ様は女優の方に顔を向けることはついになかった。バ様のほうはといえば、もう目をパチクリさせて、スクリーンを抜けだし、自分たちのすぐ前にやってきたスターを、感動を持って見つめ、ため息までついていたというのに。

キャロルの出現に対するクンデラの度を超えた無関心は、後日、共通の友人との間でかっこうのネタになった。

1　クンデラは女優嫌い。
2　キャロルに個人的な恨みがある。例えば口説いたのに、振られたとか。
3　キャロルのファンである。それを人に知られたくなくて、わざと無関心をよそおった。

4　女優の美しさに関心を持とうものなら、あとで妻に叱られる。

等々と、勝手な仮説をあれこれ打ち立てながら、われわれは不思議がったのだった。なんか特別のわけがあるな、それは。彼は元来、女性には無関心な人ではないよ、というのが、その友人の意見だった。

あっちからこっちから質問が飛び、答えが交差し、肩、背中、頭上に女優の手がのび、と実にあわただしくも、にぎやかなランチタイムはそろそろ終わりかけようとしていた。

食後酒をゆっくりと味わっていたジ様、バ様に促されて、名残惜しそうに立ち上がる。

そして、なにを思ったかジ様、クンデラにうやうやしく握手を求める。クンデラは仕方なく手を差し出す。なんと言っても著名人だから、見知らぬ人から声をかけられたり、握手を求められることは初めてではないのだろう。しょうがないか、ここまできたら、としぶしぶ握手に応じるクンデラにジ様は言った。「ところであなたはどこのお国の方かな?」

え、クンデラと知っての握手ではなかったの!

すました顔でクンデラが答える。「わたし？　わたしはロシア人ですよ」「ほー、ロシアはどこの出かな？」「シベリアです」「おー、これはこれは。ワシもシベリアは知っておる。そうであったか、ロシアのお方。それもシベリアね……」

ジ様は感に堪えないという面持ちで、再びクンデラの手を握り、訊いたものだ。「ところで、このフランス人の奥方とは、どこで巡り会われた？　ほー、パリで。それは素晴らしい出会いだ！」と今度はヴェラに握手。

われわれ夫婦に「ボン　ボワイヤージュ！」としんみりとした声で言いおえると、またもや厨房へと消える。食事が申し分ないものであった、という讃辞をおくるためらしい。シェフの親戚か、オーナーの友だちか、なにかしら個人的な付き合いがあって、厨房への出入りを特別にゆるされているのだと思っていたが、別段そうではないらしい。

彼らが店を出ていくと、ずっと我慢していた笑いが、われわれ四人の間で弾けた。

「あなた方は肉も食べたことのない日本人で、わたしの夫はロシア人、そして、こんなアクセントでフランス語を話すわたしのことをフランス人だって、ああ、おかしい、はははははは…………。ところでそういうあの人は一体どこの国のひと？　ああ、はははははは…………」

クンデラはすっかりロシア人になりすまし、片時、作家クンデラの荷をおろしたことが、愉快で愉快でならない、といった感じで上機嫌である。アクセントのあるフランス語に多少コンプレックスを抱いていたヴェラはヴェラで、フランス人だと言われたことに大満足である。

ポ・ト・フに入っていた牛肉を手つかずのまま残しているのを、クンデラに注意されたヴェラは言った。

「ポ・ト・フは好きよ。肉の味をたっぷり吸った野菜がね。それにしてもこんなに全面的に肉をのこしたんじゃ、シェフが怒るでしょうね。わたし今、いいことを思いついた。フサコの空っぽのお皿と交換しとけばいいわ。それならシェフも納得するわよ。なにしろ肉を食べないんだから、日本人は」

ロシア人の夫に、フランス人の妻。肉など食べたことのないらしい日本人の夫婦。おかしな四人組は、ジ様に振りあてられた役割を上機嫌で演じつづけたのだった。

14

——男爵夫人の梅昆布茶

男爵夫人！　聞いただけで、眼が日常茶飯事を飛び越して、はるか彼方に舞い散ってしまうのに、そんな耳慣れぬ称号をお持ちの方からのご招待というのだから、あわてないわけにはゆかない。

昨年の秋、夫婦でフランスに出向いた折のことだった。

言ってみれば、長屋の八五郎が、ひょんなことから、やんごとなきお方のお屋敷に招かれたっていうんで、てんやわんやの大騒ぎ。一体全体そんな場所に、どんな出で立ちで出向けばいいのかすら見当もつかない。言葉づかいからしてちがうだろうし、なにか気の効いたことのひとつも言おうとすりゃ、舌はもつれて、頭が真っ白けになって、なにをやらかすかわかったもんじゃない。それだけはどうか、勘弁してくれ、と尻込みする。このご招待の一件を聞かされたときの、わたしのうろたえようといったら、それに近いものだった。ここはひとつご隠居さんに相談に行くか、というわけにもいかないので、取りあえず夫にかけあってみることにした。

「そんな場所に行くのは気が重いな。だいいち、なにを着て行けばいいの？」

「だからバカだってーんだよ、おまえは。なにもヴェルサイユ宮殿の晩餐会に招かれたってわけじゃーないんだよ。昼めしに招ばれたってーだけの話じゃないか。今さら気取ってみたってはじまらない。普段よりちょいとましな、こざっぱりとしたなりをしていけば、それですむことじゃーないか」（いつの間にか口調が、ご隠居風になってしまったが、まあそんなようなことを夫は言ったのだった）

なんだって、男爵夫人などというお方のご招待を受ける羽目になったか、これがまた話せば長く、人間関係もえらく入り組んでいるので、ごくごく簡単に、目一杯はしょって言えば、つまりこういうことなのだ。

東京のさる大学で教師をしている夫が中心となって、アカデミー・フランセーズの会員として迎えられたばかりのフランスの歴史学者、ピエール・ノラ氏を日本に招聘したのが事の始まりだった。アカデミー・フランセーズというのは、俗に「不滅の人たち」と称される四十人の終身会員により構成される、とんでもなく権威のある存在で、めったやたらに会員になれるものではないらしい。ノラ氏が日本にやって来たのは、その栄えある冠をかぶったばかりの、おそらく氏にとっては人生で、もっとも満ち足りた時期だったはずだ。念願のアカデミー入り？　という喜びを胸に、最愛のパートナーである男爵夫人、ガブリエルさんを伴って日本にやってきたノラ氏は、講演活動や、インタビューを精力的にこなし、京都への旅も満喫して、上機嫌で帰国したのだった。「こんな素晴らしいチャンスをつくってくださって、本当にありがとう」という言葉を残して。

男爵夫人のお招きには、その返礼という意味合いがこめられていたのである。

パリの七区、ベルシャスという通りは、元々貴族街。敷居が高いというけれど、文字通り敷居も高けりゃ、天井もとんでもなく高い。門扉の構えも厳めしく、見上げれば、ため息のひとつもつきたくなる。呼吸をひとつととのえて、いよいよ呼び鈴に手をかけようとしたとき、背後から「ボンジュール」という、聞き覚えのある英語なまりのフランス語が聞こえてきた。振り向けば、そこには東京で二度ほど軽く言葉を交わしたことのある男爵夫人が、幼なじみだというBさん（名前はわすれてしまったけれど、ともかく伯爵夫人）と共に立っていた。ふたりで浮世絵展に行ってきたのだという。胸にはその展覧会のカタログを抱きしめている。

玄関を入るとノラ氏が迎えに出ている。だが、この家の主は彼ではない、というのだから、ややこしい。ここは男爵夫人の住まいで、そのパートナーであるノラ氏は別にアパルトマンを持っていて、そこに住んでいる。ところで、男爵夫人というからには、男爵様がいるはずなのに、彼はそれじゃ一体どこにいらっしゃるのか、と訊かないでいただきたい。わたしにもさっぱりわからないのだから。男爵夫人には四人の既婚のお嬢さんがあり、お孫さんもいる。一方ノラ氏にも、一緒に暮らしている高校生の息子さんがいる。食事の最中にケイタイが鳴った。しばらく話してから電話を切ると、ノラ氏は「息子からだったよ」と顔をほころばせる。「彼の、息子よ」と男爵夫人が念を押す。それじゃ、ノラ氏の息子の母親はだれで、一体どこにいるのか、とは訊かないでいただきたい。こちらのほうも、さっぱりわからないのである。

というふうな複雑な事情はさておいて、その日の昼食会の主旨は、夫がここ数年、これぞわがライフワークと銘打って取り組んできたフランスの詩人、ルネ・シャールに関する著書の完成が間近ということから、ルネ・シャールの未亡人であるマリー・クロードさん初め、詩人にゆかりのある知識人を紹介しようというものだった。その分野のこととなると、まったくの門外漢であるわたしは、首をあっちに向けたり、こっちにひねったり、笑ってみたり、うなずいたり、感心したふりをしているだけだったが、実際に、親しく接した人たちの語る、詩人のエピソードは、それぞれ興味深いものだった。

ところで、ルネ・シャールという詩人、めちゃくちゃ女性にもてた人らしい。全生涯を通じて付き合った女性は数知れず、彼が亡くなったとき、弔問に訪れた招かれざる通夜の客も、ひとりやふたりではなかったという。ちなみに未亡人であるマリー・クロードさんは、詩人が没する三か月前に結婚したというから、この結婚の陰で泣いた女性はこれまた相当数いるはずだ。いやはや。

主客が日本人ということを考慮してか、魚中心のその日のメニューは、繊細で、洗練された実に見事なものだった。男爵夫人、相当腕のいいシェフをおかかえらしい。給仕係も男女ふたりで、さりげなくお代わりをすすめるタイミングも絶妙。

食後酒とコーヒーは別のサロンへと案内される。一体あのお宅にはいくつサロンがあったのだろう。どの部屋もコレクションであふれ返っている。中国の壺、アレシンスキーやドゥローネーの作品が、なんでもないことのように飾られているなかで、ひときわ眼をひいたのは、暖炉うえに掲げられたアメリカ人アーティストの作品だという巨大な絵画（?）だった。なんと言えばいいのか、チョコレートが乾いたみたいな色をした無数の破片を、四方八方から乱暴に投げつけたようなものなのだが、角度によって、いろいろな表情を見せる、それが良いのだ、と夫人は説明してくれた。「これをあなたはどう思います？　わたしは嫌いだな」とノラ氏は笑った。壁という壁をふさぐ本棚にはびっしりと蔵書がひしめき、はみだした本がソファや、暖炉の周辺にまで積み重ねてある。

その日のメンバーは、しきたりどおり男女同数。男性四人、女性四人というものだった。ル・モンド紙の記者であり、シャールの伝記作家でもある人。ガリマール社に勤務する詩人。それぞれ知的で、素敵な人たちだったが、特に印象にのこったのは、女性陣だ。

筆頭は、ルネ・シャールの夫人、マリー・クロードさん。シャールは二メートル近い背丈の人だったときくが、彼女もほとんど二メートル。わたしはこれまでの人生で、あれほど背の高い女性を、間近で見たことがない。自分が突然、谷底に落っこちてしまったような気がした。しなやかな黒革のパンツをはき、パラリ、と纏った白いセーターが、化粧気のない、日に焼けた素肌によく映えている。頭脳明晰、実務能力抜群、いささかの甘えもウソもない。誠実な女性とお見受けした。彼女なら、シャールという偉大な詩人の作品を、きちんとした形で伝えることが出来るにちがいない。

男爵夫人、ガブリエルさん（彼女も相当に背が高い）は庭園研究家とでもいうのだろうか、その道のプロフェッショナルで、何冊かの本も出している（そのうちの一冊は日本語訳も出ている『ヨーロッパ庭園物語』創元社）。

男爵夫人の幼なじみ、伯爵夫人（男爵夫人だの伯爵夫人だのと書いていると、なにやらフランスの時代劇に潜り込んだ気分になってくる）Bさん、ジーンズにセーター、そのうえに木こり風毛皮のチョッキを重ねたラフなスタイルのこの女性、つい最近までロンドンで骨董の店をやっていたという。「奇妙な物ばっかり集めた骨董店だったの。誰も寄りつかないほど奇妙な物ばっかり。それでも寄りつく人がいたからやってたんだけど、最後はとうとう誰も寄りつかなくなって、結局やめちゃったのよ。今は田舎（田舎なんて言うけれど、彼女の広大なご領地）に引っ込んで庭いじりしてるの。慣れないこと始めたおかげで、足やら腰やら腕やら、あっちこっち痛めてひどい目にあってるのよ」と彼女が言えば「その治療と称してしょっちゅうパリに遊びに来てるんだから、足腰やら腕の痛みにお礼を言わなくちゃね」と男爵夫人が笑う。ふたりともとてもいい人たちだ。努力していい人になろうとしているのではない。まったくの自然体なのだ。

コーヒーの時間になった。「もしよかったら日本のお茶もあるわ」と男爵夫人が企み顔でさかんにすすめるので、いただくことにした。彼女みずから煎れてくれたお茶はなんと梅昆布茶だった。一緒に出てきたのは「和菓子」の本。きょうは日本のお菓子がないから、これを見ながらお茶を飲んでくれというのだ。聞けば彼女、元々、大の日本通らしい。

「和菓子」の本を眺めながら梅昆布茶をすすっていると、今は「帰らぬ猫」となったわが家の愛猫、サブ（これについて語り始めたら、夜が明けてしまうので、きょうのところはやめておこう）に生き写しの猫がのそり、とどこからともなく現れた。色といい、柄といい、ちょっと間がぬけた面構えといい、もう瓜二つ。

なんだい、なんだい、どこに消えちまったのかと思ってたら、空をひとっ走りしてパリに来てたのかい。それも男爵夫人のお屋敷にちゃっかりすべり込むとは、なかなかアジな真似をするじゃーないか。まいんちシェフ特製猫ちゃんメニューを楽しんでるとみえて、ちょいと太っちまったようだけど、元気そうでなによりだ。それにしても元の飼い主の顔はすっかり忘れちまったのかい？　まあ、いいってことよ。これもなにかの縁てーもんだ。せいぜい可愛がっておもらいよ。

ひと撫でしたら、わかったらしく、ゴロゴロ、ゴロゴロ、のどを鳴らして、ブーツに顔をなすりつけてくる。おー、おー、愛いやつ、愛いやつ。

やんごとなきお方のお屋敷で、粗相はないか、とコチンコチンになっていた八五郎、ホットな梅昆布茶と、思いもかけぬ愛猫との再会（?）に、ほっ、とひと息、というお粗末！

15
——モネの庭

ポプラ、ひなげし、草のゆらぎ、鳥のさえずり、コバルトの空。会いたかったものにまちがいなく出会えた。

ジヴェルニー。いつか行きたいと思いつづけてきた場所だ。パリから汽車でたったの一時間、そこから五キロほどの距離をバスでゆく。それだけのことを面倒がって、いつも先送りにしてきた旅、ようやく思いを果たした。今回の旅の道連れKさんとは、あくまでもお互いの自由を尊重しあうという暗黙の了解ができていた。それに添って日程が組まれていたが、希望が一致した場所もかなりあり、ジヴェルニーの「モネの庭」もそのひとつだった。

ターナーも、モネも描いたサン・ラザール駅を午前八時十六分に出る汽車に乗るため、ホテルでの朝食をとりやめて駅のキャフェテリアでコーヒーとクロワッサンだけの軽食をとる。日常をいっとき脱ぎ捨てて旅立つ人々のときめき、不安、悲劇、喜劇、どんでん返し、ドラマをいっぱい詰め込んで、ゴワーン、ゴワーン、と鳴っている駅が好きだ。

ヴェルノン駅で下車。ジヴェルニー行きのバス停にはたちまち人の列ができる。ショートパンツにタンクトップ、これ以上はないという軽装で、素足にサンダルをつっかけた、元気なアメリカ人のグループがいた。顔も首も胸も肩も腕も足も、さばさば焼けて真っ赤っか。全員、大いに太っていて、わいわいしゃべり、わはわは笑う。旅に出たからには、最後の一ミリまで楽しみ尽くす。彼らの陽気はカンカン照りだ。顔が合えば、すぐ話しかけてくる、ヨーロッパの人にはない、このフランクさは嫌いじゃない。

「おそらくアイダホあたりの人たちですね」とKさん当たりをつけ、あるご婦人に探りをいれる。答えは、ピンポン、「フロム　アイダホ」。

モネの睡蓮、実物を初めて見たときにはしばらくその場を動けなくなってしまいましたわ、などと頷きあっている日本人女性グループもいた。カルチャースクール、絵画教室のお仲間だろうか。

十時の開館とともに「モネの庭」に入る。画家が丹精し、たくさんの人々が守り育ててきた花や木が朝の光をうれしがって、さんざめいている。植えても植えてもまだ足りない。ジヴェルニーに移り住んで七年後、ようやく経済的安定をみたモネは家族と自分のために家を買い、つぎつぎに土地を買い足し、庭師を雇い、多種多様な植物を注文して楽園の創造に情熱を注いだ。足元にも胸元にも目の高さにも頭上にもこれでもかこれでもかと生い茂り、咲き乱れる植物のなかを歩いていると、まるでモノに取りつかれたように広大な庭をはねめぐる、画家の姿がうかんでくる。

七重八重と花弁を重ねたバラがこぼれ咲くなかに、モネがお気に入りだったという白い一重のバラ、マーメードがひっそりと気品のある花姿を見せていたのがひときわ眼にしみた。

人々はモネの絵の舞台、画家の私生活の残像に触れたくてこの庭にやってくる。日本の版画を見てさっそく造らせたという太鼓橋。睡蓮が浮き漂う池。水面に映る空やしだれる柳を眺めながら、画家の描いた睡蓮をうっとりと、頭にひろげてみる。そして、なるほど、この風景からあの絵は生まれたのだな、と納得して帰ってゆく。

夫婦と八人の子供、晩年になるとその子供たちの連れ合いや孫たちで、まるで集会所のようなにぎわいをみせたという家が、大家族の住まいにしては思いのほか小さいと感じたのは、おそらく庭があまりにも広大なせいだろう。

この大家族の成り立ちというのがまた変わっている。ふたりの男の子を産んだ後、三十二歳の若さでこの世を去った糟糠の妻カミーユが存命だったころ、かつてはモネの絵のパトロンで、後に破産したオシュデ夫妻が六人の子供を引き連れて転がり込んできて、寄せ集めみたいな奇妙な家族が構成されたというのだ。

カミーユが亡くなって十三年後にオシュデ氏が没し、モネは彼の妻だったアリスと正式に結婚した。それはそれで、いい話だとは思うのだが、それぞれに妻と夫がありて子供をかかえた二組の夫婦が、ひとつ屋根の下で暮らしていた頃の様子は、どんな按配だったの、と訊いてみたくて仕方がない。

美食家モネを中心に、晴れて妻となったアリス、計八人の子供たちが仲良く集ったダイニングルームは明るいイエロー、キッチンはブルーが基調になっている。このキッチンがまた「幸せ色のお台所」とでも名づけたいほど、良いのである。早速日本に帰ったら、そっくりわが家に再現したいと思うが、それはとても無理なので、妹への土産に「モネの家」の写真集（このダイニングルーム、キッチンの様子がわかる）を買って我慢することにした。ひろびろとしたダイニングルームで、ようやく手にした平穏な日々、モネは大家族との団らんを、どんな想いで、どんな顔して楽しんでいたのだろうか。大きなテーブルを囲む十個の黄色いイスを見ながら、そんなことを想ってみた。

あくまでも描くことを念頭において自ら構図を考え、配色を決め、植物を選んで造り上げた「エデンの園」を臨む画家の家には晩年、多くの政治家や外交官、アメリカや日本のコレクターが押し寄せ、一八八〇年代末にはアメリカ人の画家たちが結成した「ジヴェルニー派」なるものまで出現する。しかし当の画家は名声とか栄誉とかにはほとんど無関心だったという。

旅先からの便りにも真っ先に、庭はどうだ、変わったことはないか、と書いたほど情熱を傾けた庭園で、なにものにも邪魔されず制作することこそが彼の最大のよろこびだったとすれば、静かな村にけたたましい音を轟かせて、当時まだ珍しかった車を飛ばしてやってくる人たちなど、煩わしいだけだったろう。

ミュージアム・ショップでは、ガーデニング愛好家のための手袋やモネが使っていたのと同じ形、同じ色をした長い前掛け、ゴム長なども売っていた。ひと触りする人は多いが、買う人はいない。キッチンやダイニングルームのミニチュア、モネの絵を図柄にしたスカーフやネクタイ、時にはモネ気分でスケッチでもいかが、とお手軽水彩セットやパステル、画集、一通り見ないと気がすまないのがミュージアムショップだ。絵はがき、鉛筆、消しゴムといった、いくら買っても荷物にはならない小物を買い終えたところで、ちょうどお腹が空いてきた。

腹ごしらえの場所をさがしながら、しばし散策。モネの庭で、色とりどりの花々に興奮気味だった眼を冷やすには、小径の自然がおあつらえ向きだ。他人様に見せようなんて、これっぽっちも思ってない、無欲なところがまた愛おしい。昔は旅籠屋だったという感じのいいレストランを見つけて、黄色いパラソルのあるテラス席に落ち着いた。

ここでは景色と空気がご馳走だから凝った料理などいらない。数種類の生野菜をただ切ってならべ、ドレッシングをかけただけのクリュディテというサラダ（近頃では、こんな素朴な前菜をメニューに加える店もめっきり減った。デザートだってそうだ。木苺やブルーベリーをドデーン、とどんぶりに盛り込んで、どんなもんだ！　というような出し方をする店も今やなつかし、である）にプレーンオムレツ、普段料理がぴったり。キッチンから、われわれの席まで、細い村道を横切っては料理を運んでくれる若いマダムの、働くのが楽しくて楽しくて仕方ない、と身体中でシャンソンを歌っているような、キビキビとした動きがまた気持ちいい。

「絶対マリー・テレーズですね。名前は」とKさん、当たりをつける。
「いや、ちがう、シュザンヌよ」と、わたし。
マダムのフットワークが良すぎて、確かめる間はなかった。

16

——ルオーを旅する人

上等な、手入れのよく行き届いた靴がすり減ったパリの石畳をふんでゆく。ゆっくりと、噛みしめるように。やがてカメラは仕立てのよいグレイのワイシャツに同系色のネクタイをしめた一分の隙もない襟元、グレイの頭髪、色つやのよい引き締まった顔を映し出す。完璧な浮世絵風日本顔だ。目には隅から隅まで力が張りつめている。身のこなしも端正で、ぐしゃ、としたところがひとつもない。パリがこの人を引き立てているのではない。この人の肩が風をひゅっ、と切ってパリを際立たせているのだ。そう思っただけで、誇らしさみたいなものがぞくりと背中をはしった。

ＮＨＫ・衛星第二で「わが心の旅」という番組をやっている。いつも見ようと予定しているわけではないのに偶然素敵な旅に出会う。あの時もそうだった。

旅人は歌舞伎俳優の中村吉右衛門。ジョルジュ・ルオーの足跡を辿っての旅だ。

パリに行くたびに、大好きな画家、ルオーの作品に会いに彼はポンピドゥー・センターの中にあるパリ国立近代美術館を訪れるそうだ。同じ作品は見るたびに印象が変わる、と彼は言う。好きで折にふれて見る絵はたしかにいつも同じ表情をみせてくるとは限らない。特にジョルジュ・ルオーのように宗教的な色合いの濃い画家の作品には内側にこめられたものが濃厚な分、観る者のこころに響いてくる力は一層強いかもしれない。

ルオーの「聖顔」、あるいは「ヴェロニカ」の内へ内へ眼をこらしながら、この人がいったい何を思っているのか。どんな対話をするのか。どんな答えを受け取るのか。大いに興味をそそられた。身を切るほどに冷たいお堂の、キーンと張った空気のなか、仏像と対座する僧侶のごとき真摯な眼差しで、じっとルオーの絵と向き合う吉右衛門という人の内面にも。

一九四四年生まれ、わたしと同世代の中村吉右衛門という役者に二度会ったことがある。もちろん舞台では何度も拝見しているが、そうではなく、もっと間近で。と言っても「失礼でございますが、わたくしはあなた様をまったく存じあげません」とあちらはおっしゃるに決まっている。そういう一方的な出会いだ。

一度目はまだわたしが十代の頃、つまり彼もティーンエイジャーだった時代、とてつもなく遠い昔のことだ。

当時、先代の松本幸四郎の長男である現幸四郎が染五郎、その弟である吉右衛門は萬之助を名乗っていた。ふたりが中心となって主催する「木の芽会」という若手歌舞伎役者の勉強会があって、どうしたわけかわたしは、そこの会員になっていた。いくつかお芝居を観たあと、講演という仰々しい形式ではなく、懇親会といった雰囲気のなかで役者さんと親しくお話をする席が設けられていたように記憶している。なにしろミーハー気分に支配されやすい年頃のことだから歌舞伎のお勉強というより、梨園の貴公子と席を同じくするということのほうに熱中していたにちがいない。当初のお目当ては染五郎、つまりお兄さんのほうだった。ところが初めてこの会に足を運んだ日、けろっと心変わりして弟さんのファンになって帰ってきた。

若い人を見て「老成」などという言葉が即座に浮かぶとは考えられないから、あの頃のわたしがその言葉を彼に当てはめていたとは思えないが、その言葉のもつ雰囲気をあの人から感じとっていたことだけは確かだ。器用で社交的で華やかな兄の後ろで、いつも控えめながら、この目立たない場所こそが今の自分には実にありがたく、むしろ居心地がいいんですよ、と言いたげな、どこかおっとりとした笑みを浮かべて、人知れず自分の花を育てているような静かな佇まいが彼にはすでにそなわっていた。

「すこしばかり精神にゆらぎが生じた人物の役を頂戴して、そんな方がお集まりの病院を見学させていただいたことがございます。いろんな方がいらっしゃいましてね。すっかり自分を将軍だと思いこんで、四六時中命令をくだしている方にもお目にかかりました。けれど、ああいった極端な境地にいかれた方を演じるのは比較的やり易いんでございますね。一見したところ普通なのに、よく見ればちょっとばかし調子がズレているかな、ぐらいの人をやるのがかえって難しいんです」

お兄さんに「おまえも何かしゃべれよ」と言われた吉右衛門さんが、こちらの気持を即座に引き込む独特の調子で、なんの前置きもなく語りだしたのが、そんなふうな話だったと思う。あまりにも時を隔てたことなので内容には自信がもてないが、話の始め方、落ち着いた声音、こちらの気持を急がせないゆったりとしたテンポ、一語一語にこめられた心配りなどを、とてもここちよく受けとめたのを憶えている。

彼の姿を二度目に、しかも至近距離から拝見したのは、いまから二十年ほど前のことだったか。軽井沢のバス停で、わたしたち家族はたしか浅間牧場に行くバスを待っていた。

「どうするー？　鬼押し出しにでも行ってみるかー？」

「でも、バス出たばかりみたいよ」

「すぐ次のがくるだろ」

ごくふつーの、のどかな会話が夫婦の間で交わされる。つっかけを履いた吉右衛門さん、奥さん、お嬢さんたちはそれぞれ普段着姿で、わたしたちと同じようにバスなんか待っている。ああ、萬之助さんもこんな年、つまりわれわれと同じ世代の、いいお父さんになったんだな、としみじみうれしいような気持になったものだった。

「アンシャンテ　マダム、ジュマペル　キチエモン　ナカムラ」

「メルシー　ボクー、ムッシュー」

折り目正しくフランス語を発音しながら吉右衛門さんはパリ十二区、エミール・ジルベール街二番地にあるルオーの家の玄関を入ってゆく。アトリエに吉右衛門さんを案内する高齢のルオーの娘さんが、ここには普段だれも入れないんですよ、と何度も念をおす。故人の神聖な仕事場は遺族にとっては聖域なのだろう。

パレット、ひねりかけの絵の具のチューブ、色がこびりついたままの筆、おびただしい数のテレピン油の瓶などが、いきなり動きを止められたままの姿勢で鬱蒼とひしめいている部屋には、時を経ても風化しない主の気配が低くたれこめ、封印された画家の魂がどんよりと濃く流れている感じがつたわってきた。

孫だという男性が祖父は決してイーゼルを使わず、画布をこの机に直に置いて描いたとか、アトリエにこもって仕事に熱中し、食事の時以外は出てこないので、家族が心配して、半ば強制的に外に連れ出さなくてはならなかったものだ、などと解説をはさむ。自分たちが写った写真も取り出される。吉右衛門さんの質問が時々置いてきぼりを食う。家族にとってはあふれる思い出がなにより先なのだ。

敬虔なキリスト教徒であったルオーは一九五八年神に召され、葬儀は国葬としてサン・ジェルマン・デ・プレ教会で執り行われたという。

何度かわたしも行ったことのあるキャフェのテラスで吉右衛門さんがこのサン・ジェルマン・デ・プレ教会をスケッチしている。もし役者にならなかったら絵描きになっていたかもしれない、と語る彼の筆づかいはなかなか達者なものだった。テレビの画面にほんの一瞬、見覚えのあるボーイさんの姿が映った。

近所の人がテレビに出てきたような気がして、思わず手でもふりたくなってしまった。

一八七一年、パリ・コミューン（革命政府）崩壊の前日にパリ北東部、ヴェルヴィル地区にあるラ・ヴィレット街で産声をあげたルオー、その生家跡から始まった八十六年の生涯を辿る旅をわたしは自宅でのんびり追体験。楽して満足、いい気分の旅だった。

「あの人が出ると舞台が、なんかこー、引き締まる！　うーん」

「なんとも言えない男の色気？　そういうのあるわよねー」

いつだったか歌舞伎座で隣り合わせた中年女性たちが熱っぽく話していた。

「男の色気」と言ったとき、地味な着物を着た硬い感じの女性のからだが少しだけほわん、となった。

さて、その吉右衛門さん、あの旅で「ヴェロニカ」の大きく見開かれた瞳から、気品をたたえた口元から、どんな言葉をくみ取ったのだろうか。なにかをつかんだ。なにかを感じた。というようなことを彼はもらしていたように思う。

十代の頃から黙々と育ててきた花に、またひとつ新しい蕾がついたのかもしれない。かさっ、と微かな音をたてて花びらがほどける日もそう遠いことではなさそうだ。

17

——画家の眼差し

人けのない別荘の白壁にはねかえされて突っ走るついでに、精巧な透かし細工のほどこされた門扉にからみつく、ブーゲンビリアの群にまぎれこみ、いくらかどぎつい花色をたちまち透明な薄紅色に変えてしまう。かとおもうと棕櫚やヤシや糸杉の間をくぐり抜けたその足で、こんもり盛り上がった木立に立ち寄り、茂みにじゃれつくノウゼンカズラやヘヴンリーブルーの、いかにも野生らしい、したたかそうな色彩を浮き彫りにして見せてくれる。南フランスの光はとびっきり生きがいい。

生きがいいって？　当たり前よ。なにしろ、ひと粒、ひと粒、念入りに特別上等の磨きをかけてるんだから、ほかんとこのと一緒にしないでよ。ここのお日様の、太っ腹なことと言ったら、どうよ！　出し惜しみってことをなさらない。じゃんじゃん照らすから、木だって、花だって、もういい加減にしてよ！って言いたくなるほど育っちゃう。遠慮はいらないから、たっぷり浴びてきなよ。浴びても浴びても減るもんじゃない。どうせパリはどんより、東京はじっとりなんだろうからさ。

それならお言葉に甘えて、と歩き出したはいいけれど、いい加減にしてよ！と言いたくなるほど、きつい照りだ。カラン、カラン盛大に照る。

ヴァロリスの叔母の家に滞在したときのことだ。ル・カネという街に住んでいる、叔母の友人、D夫妻を訪ねて、散歩がてら歩いて行ってみましょうということになった。

車で行けばわけはない。あるいはお互いの家を直線で結んで、それを一気に駆け上がる道さえあれば、なんのことはない距離なのだが、真っ直ぐとはいかない山道をくねくね登ってのことだから、思ったよりずっと骨が折れる。太陽にぐいん、ぐいん、と引っ張られてとんでもない大きさに育った木の陰を拝借して、ちょっとひと休みさせていただかないことには、息がつづかない。山道の途中にだって、人の暮らしはありそうなものなのに、夏の午後、みんな昼寝でもしているのだろうか、人の姿はとんと見かけない。こんなカンカン照りのなか、よっさ、よっさと歩く物好きもいないと見え、耳がキーン、と鳴るぐらいの静けさだ。

ようやく、人の声がきこえる、比較的平坦な小径にさしかかるまでは、登り、登りの連続だ。途中、叔母の口からボナールという名前を聞いた気がする。

「この上に、ボナールの住んでいた家があるわよ。行ってみる？」

わたしは、おそらく、あ、そう、でもきょうはいい。そんなふうな張り合いのない返事をしたはずだ。なにしろサンダル履きの山登り、寄り道の元気はなかった。

ぼんやり聞いていたボナールの名前を再び耳にしたのは、日本に帰って間もなくのことだった。あるテレビ番組がこの画家の特集を組んでいたのに、たまたま出くわしたのだ。途中からだったのが、いかにも残念。

写真で見ると、寝食も忘れて日がな一日、顕微鏡をのぞきこんでいる生物学者、あるいは無愛想だが誠実な町医者、はたまた腕のいい獣医、場合によっちゃレントゲン技師、といった感じの、ともかく画家だなんてなにかの間違いではございませんか、と思うようなご面相だ。

実を言えば、わたしのなかでは、マティスとモネの間にチラチラと見え隠れするぐらいの、あっさりとした印象しかなかったこの画家に、どうにも説明のつかない親しみを覚えたのは、番組のなかで紹介された、この写真のせいだったかも知れない。

今、眼に見えているものの印象が消えないうちに、すぐさまキャンバスに写しとろうとするモネとは対照的に、ボナールは眼差しに焼き付けた印象をこころゆくまで熟成させてから、つまり意図的に時間稼ぎをしてから描くというやり方をしたらしい。

イーゼルをつかわず、画布を直接画鋲で壁にとめ、道具といえば縁のかけたわずかな絵皿と数本の筆だけ。指で直接、色をぬりつけるのも得意業だったらしい。

一日の大半を浴槽のなかで暮らしたという（持病の治療に入浴が有効といくら医者から勧められたからって、バスタブが主な生活空間だなんて、相当変わっている）病弱で気まぐれな妻、マルトをモデルにした浴室のシリーズは有名だが、なかでも傑作とされている「入浴する裸婦」は六十代後半にさしかかった妻を前にして、若き日の姿を追いながら描いたと聞くと、ただただ唖然とするばかりである。ボナールも相当変わっている。

画家が五十八才の時に正式に結婚したマルト、大層嫉妬深い女性だったらしいのだが、そんな彼女がボナールの外出をこころよく思わないと知れば、別にいいさ、どこに出かけなくても、とほとんどの時間を室内で過ごしたという。彼の作品の多くが室内および室内から見た風景なのは、彼女の嫉妬心のせいなの、もしかして？

他人から見ればずいぶんとおかしな女性だっただろうが、ボナールにとってマルトは女神にも近い存在だった。なにせ妻の死後、画家は彼女の部屋に厳重に鍵をかけ、思い出のすべてを閉じこめてしまったというのだから……。

晩年の画家はもっぱら若かりし頃のマルトの姿を描きつづけた。鍵をかけてしっかり封印した、若かりし日のマルトを、ひそかに連れだしてきてはキャンバスに乗せる。考えればちょっと怖い気もするが、凡人には理解できない至福の時だったのかもしれない。画面のなかで見る限り、焦点のさだまらない目を虚空にあそばせ、いつもこころここにあらず、といった感じの女性だが、マルトのいる風景からは、そんな彼女を丸ごと愛した画家の眼差しが、やわらかな陽射しのようにつたわってくる。

富や名声より自由を好み、妻と二匹の犬と絵さえあれば大満足。自分の作品に高い値がつくことにさえ顔をしかめ「ゼロの数がわたしをいらだたせる」と怒ったというエピソードがあるぐらいだから、とんでもなく偏屈なお方だ。

さて、わたしたちは一時間近く歩いただろうか。

辿り着いたD家のバルコニーからは、カンヌの海がくすみのないブルーをなみなみとたたえて、横一直線にひろがっているのが見渡せる。長いこと海をこういうかたちで眺めたことがなかったから、その大きさを眼がつかみきれなくて戸惑うほど、それははてしもない眺望だった。こころの物差しが、おっとりとのびていく気がした。

ボナールが住んだ丘の上の小さな家からも、カンヌの入江や樹木のつらなり、点在する家々の眺めが楽しめたという。

「赤い屋根のあるル・カネの風景」という最晩年の作品がある。妻を失った悲しみに戦後の困窮が加わり、自分自身の健康状態もすぐれない時期に描かれた絵だ。木も屋根も道も混じり合って、形はほとんど消滅し、色彩だけがただにぎやかにひしめいている。色のコントラストも、画面のメリハリもない、この絵が傑作なのかどうかはわからない。でも、わたしは嫌いじゃないな、そう思って見入っていたら、赤い窓の中から、こちらをずっと窺っていたらしい画家と、一瞬目が合ってしまった。

18
——海を飲んだ空

「ねえ、ねえ、ステファン、ぼくたちの乗る汽車は何色？」「さあ、わからないな、ダヴィッドは何色だと思う？」「ブルー」「どんなブルー？」「えーと、えーと、空みたいなブルー、ちがう。えーと、海を飲んだ空みたいなブルー」「ほー、君は大した詩人だ！」「詩人って？」

南フランス、アンティーヴ駅の待合室でわたしはほほえましい会話に聞きほれていた。

わたしのとなりにすわっている男の子がダヴィッド。向かい側の席で若い女性（ダヴィッドのママ）の手をぎゅっ、と握りしめたまま腰をおろしている青年がステファンだ。ダヴィッドがなにか気のきいたことを言う度に、青年は彼にやさしく微笑みかけ、その笑顔を若い女性に振り向ける。

そうか、ステファンはダヴィッドのママの恋人だったんだ！　とピン、ときた。

ただしこのピン、今の今、これを書いている最中にやってきたのだから、相当ずれたピンである。絶対に青年はダヴィッドのパパではない。遅ればせながら、女の勘がそう断言させる。

全身が火照ったような小さな身体から、ミルクと汗とおっしこと日向と草の匂いが混じり合った、赤ん坊臭さが立ちのぼってくる幼さなのに、ママの恋人と四つに組んで、なんとか自分の居場所を守ろうと必死になっているダヴィッドもいじらしかったが、君のことを決してないがしろにはしていないよ、という思いをこめて注がれる青年の眼差しにもウソはなかった。

「ステファン、どうしてさっきからあっちのホームばっかしに汽車が来るの？　あっちの汽車はどこ行き？」

「そうだね、こっちはどうして全然汽車が来ないんだろうね。きっと途中の駅でなにかあって遅れてるんだよ。あっちの汽車はカンヌの方に行くんだよ。カンヌは知ってるよね、こないだ行っただろ」

それにしても、なんというやさしい物言いをする青年だろうか、と感心しながらふたりの会話を聞いていたわたしが、とんでもない間違いに気づいたのは、このあたりだった。カンヌに戻るわたしがいるべき場所は、ここではない！

ローカル線のことだから、一台や二台取り逃がしたところで大したことではないが、自分の乗るべき汽車を何台も何台も反対側のホームでやり過ごしながら、他人様の会話に耳をどっぷり浸して、一体どれぐらいの時を無駄にしたことになるのだろう。

「あのー、わたしはカンヌに行くんですが、ホームはたしかにあちら側なんですか?」。おそるおそるステファン青年に訊いてみた。

「カンヌ? ええ、あっちですよ。こちらの汽車はヴァンティミル(イタリアだ)方面に行ってしまいますから」

「あのひと、どうしたんだって? 間違えたんだって?」「そう、でも、間違った汽車に乗らなくてよかったね」

あわただしく礼を言い、ふたりの会話を背に受けて、わたしは反対側ホームへの連絡通路をひた走った。

「カンヌ行き一枚ね。ホームはあっち側、間違えないでよ。すぐ左の階段を下りると通路があるから」

窓口のお兄さんが、いかにも自信にみちた口ぶりで言うものだから、疑ってみようともしなかったし、上りと下りのホームを取り違える駅員がいるなんて、わが祖国では考えられないことだ。

その日、わたしはヴァロリスの叔母の家で昼食を済ませ、カンヌから汽車でアンティーヴに出かけた。空は混じりっけなしの青一色。海風もさらっと心地よく、絶好の遠足日和だった。

海べりの道をピカソ美術館になっているグリマルディ城目指して歩いて行く。ピカソが考古学美術館だったこの城にアトリエをかまえたのは一九四六年、夏だったというから、彼もあのギョロリとした鳥みたいな眼で、同じような空を仰いでいたにちがいない。

この城ではサチュルス、牧神、ケンタウロス等々、地中海神話の登場人物を主なモチーフにして飽きるほど制作し、もちろん海辺の暮らしも満喫しつくして、すべての作品をここに残したまま、つぎなるアトリエに移っていったという。ちょうど絵の掛け替え作業中で、ピカソの作品はゆっくり鑑賞しきれなかったが、わたしがなによりうれしかったのは、ピカソがアトリエとして使用していたという三階の部屋で、ニコラ・ド・スタールの「ル・グラン・コンセール」に出会えたことだった。

画集でしか見たことがないこの大作（六M×三・五M）、窓から差し込む自然光をたっぷり吸い込んで、バックの赤はふくらみ、みなぎり、ピアノもコントラバスもそれぞれの歌を、謳っていた。年譜を見れば、これを描いた翌年、スタールはこの城の近くの海に身を投じて、自らの生命に終止符を打ったことになる。何故なのだ？　それを考えるのはもうよそう。こんなにも明るい陽光のなかで、画家の命は、今も脈打っているのだから。

旧市街では、夕刻から祭りがはじまるらしく、民族衣装を着込んだ人がいそがしく行き交っている。着ているものを片っ端から車のトランクに放り込んで、上半身を屈託なくさらし（太陽は屈託を追い払うらしい）、着替えに没頭する女の子たちの笑い声が束になって坂道を転がってゆく。赤いスカート、白いブラウス、レースが花びら状にひろがった髪飾り、夏祭りの身支度は、あっという間に完了だ。

広場の露店をひやかしてみた。食べ物、生活雑貨、骨董というよりガラクタといったほうがいい小物、お土産品などを並べて売っている。そのうち、お祭り実行委員会の世話人といった感じのおじさん達が、太鼓を持ってどやどや集まり始めた。既に大分きこしめし、どの顔も赤くほころんで、お祭り気分はすでに満開！

生ビールの方が、いち、に、さん、し、ご、五人ですね。それからワインの方、これはボトル、ハーフボトル、ピッチャー、グラスとございますが、どうしますか？　え、なんですか？　ジュース？　え、グレープフルーツのですか？

いきなり日本語が聞こえたのにびっくりして振り向くと、広場に張り出したレストランのテラス席で、二十人ばかりの日本人グループをまとめるガイドさんの声だった。希望の飲み物がなかなかまとまらない。ぼんやり祭りの方を見ていて、なにを飲むのか全然考えていない人もいる。

「きょうはなんの祭りなんですか？」「あとで店の人に訊いてご説明します。飲み物なんになさいますか？」。ガイドさん、すっかりへたばり声だ。

わたしもなにか飲んでいこうかな、と考えたが、丁度タイミングよく広場の横にナヴェット（市内を巡回する無料のバス）がすべりこんできたので、飛び乗ってしまった。

きょうは一体どうしたわけで、こんなふうに何もかもがうまく行くんだろう、天気はいいし、ニコラ・ド・スタールの大好きな絵にも思いがけずお目にかかれたし、ナヴェットはなんなくつかまるし、わたしとしては上出来だ、といい気分で駅に着いた。

ホームを間違えたのはその後のことだった。でも、ものは考えようだ。間違ったおかげで、子供だてらに小粋なセリフを吐く、ダヴィッドという小さな詩人にも会えたのだし。

思い出す度に見えてくる。海の水を吸い上げたような、潤んだ空の色。瞬くような碧、「海を飲んだ空」が。

19 ——ゴッホのいた街

ミストラル（ローヌ河流域や地中海沿岸で海に向かって吹く北西の烈風）さえなかったら、ここは日本のように麗しいだろう。

弟テオに送った手紙のなかで、ゴッホはアルルの印象をそう記している。

ゴッホがパリからアルルに生活の拠点を移したのは一八八八年、二月のことだった。あたり一面を雪に覆われた風景を目の当たりにして、当時広重や北斎に魅せられていた彼は「これこそ日本人の描く雪景だ」と、大いに感動し、春になればなったで、咲き乱れる黄色や紫の花々に「日本の夢」をかぶせ、石炭船の浮かぶローヌ河に「北斎の精髄」を見るのである。

ここではもう日本趣味は必要ではない。自分はここで日本にいるのだから……とオランダにいる姉にまで書き送っているほどだ。

これさえなければ、とゴッホを大いに悩ませた北西の強風（もしやこれが、かの有名なミストラルですか？　土地の人に尋ねたら、なにこんなのは、ほんのそよ風だよ、と笑われるかもしれないけれど）が枯れ葉や木の実や乾いた樹皮の粉末を、地上にまきあげながら吹きすさぶ晩秋のある日、アルルに降り立ったわたしは、息をつめ、眼をこらし、身体中耳にしてさがしてみたが、ゴッホの夢想した日本のかけらさえ見つけだすことはできなかった。それだけに彼のなかでたぎっていた異国への熱い思いが、一層切実に迫ってきた。

黄色とかすれたブルーでペイントされた壁面。ブルーのテーブルクロスに黄色いイス。ゴッホの描いた「夜のカフェのテラス」、この絵のモデルとなった店は、フォーラム広場に作品そのままの姿でのこっていた。

ところがこの店、シーズンオフで、元々観光客が少ないところへもってきて、日当たりの悪さが決定的な敗因になっているらしく、昼時にもかかわらず隣りの店にくらべて客の入りがすこぶるわるい。ゴッホをとるか、お天道様をとるかと言われれば、そりゃやっぱりお天道様でしょ、という人が圧倒的に多いらしい。

ガラス越しに店のなかをのぞいたら、テーブルに頬杖をついて所在なげにしていた若い女性とまずいことに目が合ってしまった。彼女、こちらを見るが早いか、この客逃してなるものか、という決然とした表情をむすんで突進してくる。「食事ですか、それともなにか飲みます?」。すごい迫力だ。そうまで言われては断るわけにはいかない。ゴッホに敬意を表して、テラス席にしようかとも思ったが、テーブルクロスがパタパタと強風にあおられ、いまにも飛んでいきそうで気がきではない。なかに入って昼食をとることにする。(客が入らないはずだ。結論から言う。まずい!)

入り口近くには、地元のお馴染みさんが集まって、カウンター越しにおかみさん相手のおしゃべりに興じている。最近行ったナポリの話をする中年女性の声が店の奥までビリリン、ビリリン響きわたる。彼女の話に割ってはいるおかみさんの声もまた大したボリュームだ。お腹の底で沸騰していたのが、ついに吹きこぼれてしまった、といった感じの笑いが、時折店内の空気を盛大にゆさぶる。わたしの隣りにすわってガイドブックを熱心に読んでいた男性(多分イギリス人)、この世に気の合うヤツなんかいるもんか、人と一緒に旅しようなんて、ただの一度も考えたことはない。気が合うのは自分だけ、旅はひとりに限るさ、と決め込んでいるような、いかにも気難しそうな人なのだが、彼の表情のゆがみや、こめかみに浮かんだ青筋のふくらみ加減からすると、常識の音量をはるかに超えた笑い声や話し声に、相当苛立っている模様だ。

「にぎやかね」。店の女性に言うと、いつものこと、と首をすくめて、ふっ、ふっ、とふてくされたように笑っただけだった。

ちょっと蓮っ葉だが、気のいいおかみさんと馴染みの客が、まるでピーナッツかなんかのように他愛ない会話をつまみながら、生ビールやグラスワインをひっかける。芝居で言ったら、主役たちが登場する前の、ほんの序幕といった感じの、これとよく似たシーン、ゴッホも見ただろうか。閑散とした店内をにぎわすおしゃべりを聴きながら、ふとそんなことを考えた。

僕はもう自分を意識しない。絵はまるで夢のなかにいるような具合に、僕のところへやってくる。

印象派の画家達との交友や、浮世絵との出会いによって既に目覚めていたゴッホの色彩世界はアルルで本格的に花開いた。光が変わったことによって、色は一斉に輝き出し、自然は画家の精神の高揚を受けて動き始める。頭上に太陽をいただき、胸に嵐を抱きながら、ひたすらゴッホは走り回り、憑《つ》かれたように描きつづける。

この時代の絵が好きだ。お日様をうれしがって躍る黄色いひまわりは、明るい陽射しを仰ぐゴッホの喜びそのもののように感じられるし、「ウージェーヌ・

ボックの肖像」も、数少ない友人のひとりであったボック氏への畏敬の念と愛情がにじみ出ていて、自然と幸せな気分になる。黄色とブルー、ゴッホが好んだ色彩のコントラストが実に象徴的で、さまざまな想像をかきたてられる作品だ。単純明快な色彩、くっきりとした画面構成で描かれた「アルルの女（ジヌー夫人）」は、ゴッホにしてはめずらしく安定した筆づかいで、何故かこころがほっと落ち着く。

だが、あんなにもゴッホをよろこばせた太陽が、彼を疲労困憊《こんぱい》させ、やがて精神まで蝕んでゆくことになろうとは、なんとも皮肉な結末だ。

疲れてなにも出来ない、疲労の元はここの太陽なのだ、と彼は嘆き、肉体が時には耐え難いほど重荷に感じられる。いつか僕は気が変になるだろう、と怯《おび》える。

不吉な方向へと転がっていくように描かれた星や、寒々と輝く月。逆巻く夜空に向かって燃え上がる黒い糸杉。自らの耳を切り落とすという、あのショッキングな事件のあとに描かれた「星月夜」、この絵はいつもわたしを胸苦しくさせる。画家の、行き所のなくなった魂の叫びが、ゴーゴーと鳴りながら、こちらのこころをさらいにやって来るようで不安になる。

彼は彼自身の敵である。と、ゴッホを最も深く理解していた弟テオが危惧したように、画家は常に自らのなかにある、眼に見えぬ敵と闘わなくてはならなかった。他人のせいではなく、最大の敵である自分自身が、だれよりも自分を生きにくくさせていたとすれば、なんと厄介なことだったろう。

新しい題材と色彩を求めて、ゴッホが期待に胸ふくらませながら、ここに辿り着いたころに、わたしも立ち戻ってみようと、彼のアトリエのあった「黄色い家」のあたりに行ってみることにした。「黄色い家」そのものは、とうに取り壊されていて、原型は留めていないが、、絵から受ける印象に限りなく近い雰囲気の建物があり、その一角に、ゴッホがよく利用したという「カフェ・ドゥ・ラ・ガール（駅前喫茶店）」（「アルルの女」のモデル、ジヌー夫人の店）によく似た店を発見しコーヒーを飲むことにした。

いかにも「アルルの女」といった感じのマダムの周りを、作業服を着た男たちが囲んで生ビールを飲んでいた。マダム相手に軽口をたたいては、みんな実に楽しそうに笑っている。彼女なかなかの人気者らしい。言い寄る男をさらりと交わし、好きなものはちゃっかり選んで、たくましく生き抜いてきた自信が、豊満な肉体、艶やかな肌からこぼれだしていた。

彼女のかけ声に従って、黙々と働いているのは、スペイン系、もしかしてジプシーの血も混じっているかもしれないご亭主。

惚れた女に生気を吸い取られて、今じゃすっかりひからびちゃいるけど、昔はこれで結構モテたもんさ、そう、おれがまだ闘牛士だったころの話。もちろんこの店のマダムにひっかかる前のことだよ。

と、ちょっと想像力をたくましくして、ご亭主のセリフまで考えた途端、店の奥から、血色のいい、いかにも分別ありげな初老の男が出てきた。彼が正真正銘、マダムのご亭主らしい。

アルルの女と言えば、既に世間ではやかましい。君は僕の偽りのない意見がききたいだろう。まさしく魅力がある。

アルルで好もしいモデルを見つけたゴッホが、興奮して弟に書き送った手紙を思い返しているうちに、いつの間にかあらぬ方向に想像が走ってしまった。

なんで、こーなるの？　わからない。アルルの女と空っ風のせいにしておこう。

20——夕焼け色のタルタラン

旅をしていると、時々ウソみたいにおかしな人物に出くわす。

南フランス、プロヴァンス地方の小さな町、タラスコンでのことだった。

その日、わたしは宿泊先のアヴィニョンからアルルへ出かけた。夕刻も迫り来る時刻、アルル駅の待合室でアヴィニョンに帰る汽車を待っていると、一台のバスが駅前に留まっているのが見えた。どうやらアヴィニョン行きらしい。鉄道の切符を提示すれば乗せてもらえると聞き、急遽バスに切り替えた。汽車より余分に時間がかかりそうだが、知らない町のめずらしい風景を眼でなでながらの道中もなかなか楽しそうに思えたからだ。

バスの運転手が途中、タラスコン、と停車駅の名を告げたとき、真っ先にうかんだのはもちろん、アルフォンス・ドーデの『タルタラン・ド・タラスコンの大冒険』だった。

そうかここがあのタラスコンなのか、すっかりうれしくなったわたしは、大急ぎであたりの風景を眼でなめ回し、ついでに匂いもかいでみた。そうすれば太っちょのタルタランが、いまにも現れそうな気がしたからだ。

ところが、気がしたどころではなかった。本当に現れたのである。

わずかな乗客を積み込んで、正に動き出さんとするバス目がけて、これ以上ふくらみようがないほどにふくらんだ布製の巨大なトランク（おそろしく時代おくれの代物で、キャスターなどという気のきいた付属品はついていない）を持ち、これまたこれ以上ふくらみようがないほどにふくらんだ巨大なお腹をゆさゆさと揺さぶりながら、タラスコンのタルタランが顔を真っ赤にして走ってくるではないか。

運転手が仕方なく一度閉めたドアを開けると、タルタランは先ず巨大なトランクを運転席の脇、つまり切符売場のあたりに置き、身体の前半分をバスのなかにねじ込み、あとの半分を外にはみ出させたままの形で仁王立ちになっている。

「わしをアヴィニョン駅まで連れていってくれたまえ」と偉そうな口調で言ってから、彼は胸ポケットから取り出した鉄道の切符を運転手に提示した。

「この切符じゃダメだよ。乗車券を買って！」

「なんですと？　鉄道の切符でも有効という話じゃないのかな？」

「ふざけないでよ。その切符はアヴィニョンから乗る列車のでしょ。今必要なのはここからアヴィニョンに行くための乗車券。ああ、もうやんなちゃうな。発車の時間はとっくに過ぎてるんだから、乗るの、乗らないのどっち？　アヴィニョンまでの切符、買うの、買わないの？　買わないんならさっさと降りて！」

「それでは真実をお話しよう。わしは重い心臓病のため入院しておった。手術をしたのだよ。大手術だった。そしてようやく退院してきたところだ。身体はもちろん本調子ではない。まだふらふらしておる」

そこで運転手、そんな話を聞いてる時間はない、降りて、とすごむ。それにもめげずタルタランはつづける。

「話は終わっとらん、まあ聞いてくれ。そんなわしに、追い打ちをかけるような、もうひとつの悲劇が襲った。病院に迎えにきてくれた友人、わしがもっとも信頼していた友人だ。そいつがなんとわしの全財産が入ったカバンをそっくり持って、ドロン、してしまったのだ。わしの手許に残ったものは、この切符だけというわけだ。もうだれひとり信じられんよ。生き死にの境からようやくの思いで抜け出してきたわしが、こんな災難にあったんだ、君。それでも君はわしを放り出して、走り去ろうというのか。君は病後で弱り切ったわしに向かって、アヴィニョンまで歩いて行けというのか」

彼は時に力強く、ほとんどすごんでいるような口調で訴え、時に弱り切った病人らしい蚊のなくような小声で懇願する。おお、そうだった。忘れておった、わしは心臓がわるいんだったわ、と急に思い出すのか、ふるーっ、ふるーっ、ふるーっ、と苦しげな息をしてみたり、くふる、くふる、くふる、というような奇妙な音声の咳状のものを織り交ぜたりしながら、バスの外にはみ出したままだった身体の後ろ半分を、いつの間にか車中に流し込んでしまっている。

根負けした運転手は、一言も言わずドアを閉め、乱暴な調子でバスを発車させた。タルタランはといえば、幾分間のわるそうにうつむき加減で荷物を引きずり、前から二番目（わたしの斜め前）の席に身体をはめ込んだ。巨大なトランクは今にもパンクしそうな緊張感を全身に漲《みなぎ》らせながら、彼が占領した二人分の座席脇の通路を完全にふさいでいる。われらがタルタランは、夕焼けいろの顔を、夕暮れ迫り来る空のほうに向けて、神妙な面持ちですわっていた。

時折、くふる、くふる、くふると小さな咳をし、肩で二・三度息をして、だれかと眼が合うと「なにしろ、大手術のあとだもんでな」と弱々しく呟くのだった。

いよいよ発車という時に乗り込んできた挙げ句、長々と身の上話を始め、大幅な遅れの原因をつくり出したというのに、乗客のなかに文句を言う者はひとりもいなかった。そして、だれひとり丸々と肥え太り、夕焼け色に染まった健康そうな顔色の彼が重病の床から帰還したばかりだということも、全財産を親友に持ち逃げされたということも信じているようには見えなかった。この土地のひとは似《え》非《せ》タルタランには慣れっこになっているのかもしれない。

南フランスのひとは嘘つきだという話を北のひとは流すが、ほんとうは南フランスに嘘つきなんかいない。彼らは嘘をつくのではない。自分で自分にだまされてしまうのだ。南フランスの連中の嘘は、言ってみれば蜃気楼みたいなものだ。この地方はお天道様が、ありとあらゆるものの形を変えてしまう。南フランスに嘘つきがいるとすれば、それはお天道様だ。『タルタラン・ド・タラスコンの大冒険』を読めばちゃんとそう書いてある。

元祖タルタランはたしかにおおぼら吹きで、ほらを吹いているうちに、自分でもすっかりそれが真実であるような気分になってくる。実を言えばタラスコンから一歩たりとも外に出たことがないくせに、彼のなかでは既に遠くシャンハイにまで出かけたことになっている。ところがアルジェリアばかりはそうはいかなかった。タルタランは近々、ライオン狩りに出かけるらしいというわさが町中にひろまって、出かけないことにはどうにもおさまりがつかない事態に至ってしまった。事情はともあれ、彼はほんとうにライオン狩りの旅に出発したのだから、それはそれで面目はたったというものだ。

体つきから年格好、服装、ほとんど元祖タルタランそっくりな、われらが似非タルタラン、それに引きかえ、いかにもやることがみみっちい。たかだか何百円というバス代を浮かすのに、ふくらみすぎの中華饅頭みたいな顔を真っ赤にして、一世一代の大芝居を打つぐらいなら、そのエネルギーをよそで使えばいいのに、とつい思ってしまう。だが、そんなことを言おうものなら、きっと彼はこう答えるだろう。「いえいえ、奥さん、それは素人さんのお考え。こいつがバカにならないんですよ。こうやって交通費をうかして移動するだけでも、ずいぶんと経費の節約になりますんですよ、ハイ」

バスがアヴィニョン駅に到着すると、われらがタラタランは真っ先に降りていった。その動作は乗り込んできたときの大義そうな感じとは打って変わって、実にどうして敏捷だった。軽々と巨大トランクを持ちあげ、なんとさっきまで同じバスの後部座席に座っていたアルジェリア人らしき男と、ごく自然に合流して、親しげに談笑しながら、駅に向かって足早に歩み去ったのだった。どうやら二人は商売仲間らしい。

アルジェリアで知り合った、プリンス・グレゴリーと名乗る男に全財産を持ち逃げされたタルタランからヒントを得たのか、信頼する友に裏切られ、最早だれひとり信じられる者はいない、と嘆いてみせた似非タルタラン。下手な芝居を打って、世の中の隙間から隙間をおかしな具合にくぐりぬけるダッチロール人生に、一体どんな意味があるんだろう。真面目に考えるのはよしにしよう。なにしろお天道様がひと照りすれば、かぶらがバオバブの木に、シャンハイに行かずじまいの男が正真正銘シャンハイ帰りってことになってしまう、かの有名なタラスコンで見た蜃気楼なのだから。

21——犬を連れた奥さん

海岸通りに新顔が現れたという噂が立った。犬を連れた奥さんだという。

チェーホフの短編『犬を連れた奥さん』は、こんなふうにして始まる。

海岸通りを歩く、ベレー帽をかぶった、小柄な、ブロンドの、若い奥さんのうしろを追いかけていたのは、白いスピッツだったけれど、わたしの「犬を連れた奥さん」は、カンヌの海岸通りへぬける道に、二匹の黒い、小柄な犬を連れて現れた。

秋も終わろうとしているというのに、陽射しがうらうらと降る、とてもあたたかな朝のことだった。

黒塗りのロールスロイスが音もなく止まり、黒い服、白い手袋という服装の運転手がうやうやしくドアを開けると、なかから黒い毛皮のロングコートを羽織り、ゆうに七センチはあろうかと思われる細いヒールの靴を履いた、大層背の高い、ブロンドの奥さんが降りてきた。奥さんが車から完全にはなれたのを見届けると、運転手は座席後方に重なるようにうずくまっていた、犬（背丈も風貌も寸分の違いもない二匹）を一匹ずつ丁重に抱きかかえてきて、奥さんの足元にそろそろとおろす。

二匹の犬は、そろいもそろって奥さんのコートとお揃いの、ぴかぴか上等の黒毛で、背は低く、長方形の顔は大きく平ぺったい。その両頬には座布団の四隅を飾る糸みたいな、ヒゲ状のものを誇らしげにぶら下げている。一体全体あの糸くずが、なんの役に立つというのだろう。

ふかふかの絨毯の上しか歩いたことがないらしい、見るからにひ弱なお座敷犬は、つめたい歩道の感触がどうも苦手のようで、歩いては立ち止まり、数歩すすんではまた止まるといった具合だから、お散歩は一向にはかどらない。

そこで奥さんは、いやがる犬をずりずり、と中央の植え込みまで引きずっていった。それはわたしがニースの空港に行くバスを待っていた場所から、ほんの数メートル先といった距離だったから、奥さんと二匹の犬の、世にも珍しいお散歩風景はいやでも眼に入ってきた。

ゆるやかなウェーヴを打って、ふかふかした毛皮のコートの襟もとに降りかかる長いブロンドの髪が、透きとおるほどに白い肌を際立たせながら、朝の陽射しのなかできらめいていた。年のころは、四十代後半、ことによったら五十代前半かもしれない奥さんは、申し分なく美しい。女性をほめるのに、こんな月並みな言葉は可能な限り避けたいのだが、彼女の場合、それ以外のヴォキャブラリーがどうやっても浮かんでこない。何十年間生きてきた形跡を、ありとあらゆる手だてを使って洗い流し、丹誠込めて磨きをかけているうちに、匂いとか色合いとかいった、ある人を特徴づけるのに極めて重要な要素までもが消え失せ、最後に「美しい」という項目だけが、ぽつん、とのこった。そんな感じのひとだった。

その美しい奥さんが、黒いエナメルに豪華な金色の飾りがいくつもいくつもはめ込まれた、お揃いの首輪をつけ、顔の両側に糸くずを束にして、スタイリング剤でととのえたみたいな、おかしなヒゲをぶら下げた二匹の犬を連れて街路樹のなかを、ひこ、ひこ、ひこ、と歩いている姿は、人形師に操られる影絵の人形みたいに、痛々しいほどぎこちない。

それでも五十メートルほど進んだだろうか。その間、犬たちが用を足した気配はない。ただつまらなそうにひこ、ひこ、ひこ、と歩いただけ。

もし、東京の街の真ん中で、こんな光景が繰り広げられたら、道行く人々は一様に眼をむき、口をあんぐりとあけて思わず立ち止まってしまうこと請け合いだ。だが、そこが、なんでもありのカンヌのこと。ちょっとやそっとのことではだれも驚かない。

国際映画祭が開かれることでつとに有名な街だから、というのではない。カンヌそのものが、ドキドキワクワクを詰め込んだ魔法の箱、映画みたいに刺激的な街なのだ。悪いヤツがドンドンパチパチ、犯罪の匂いがぷんぷんする映画なんか実にどうしてお似合いではないか。現にこの街、三面記事とは大の仲良しである。白昼堂々の宝石泥棒、大富豪の未亡人宅に押し入った強盗一味、悪党ネタには事欠かない。

「そんなところにハンドバックを置いちゃだめ、だめ。ちょっとあっち向いてる間に持っていかれちゃう。気をつけなよ」

カフェに入って、となりのイスにバックなんか置こうものなら、すかさず注意してくれる親切な御仁がいる。だが、親切だからといって油断はできないというから物騒な話だ。

ある夏のことだった。若い日本人男性がカンヌの海岸で日光浴をしていた。そこにひとりの男が近づいてきて、感じのいい笑顔なんか浮かべながら話しかけてくる。なかなか親切そうな男だ、日本人はすぐに気をゆるした。親切な男は言った。「一杯おごるよ。飲まないかい?」

ひとり旅の緊張も海辺の空気にとけかけようとしていた折も折だ。旅の出会いは宝物、これでいい思い出がまたひとつ出来るぞ。そう思ったにちがいない日本人は、ためらいもなく答えた。「よろこんでゴチになります」

「それじゃ、カンパーイ! 君の健康と、楽しい旅の継続を祈って!」

てなことになったのだが、覚えているのはそこまでだ。

気がついたときには、身ぐるみはがれて、文字通りの丸裸。海岸に生まれたまんまの姿でころがされていた、という事件がほんとうにあったというから恐ろしい。こんなひどい目にあったというのに、よかったじゃないか命があったんだから、なんて言われたんじゃ目もあてられない。

極端な話はこの辺りでやめておこう。

世の中の酸いも甘いも知り尽くし、少々のことじゃーうろたえない。余計な干渉はしないが、人が困っているとあれば、たとえお節介と言われても、飛んでいって世話を焼く、気のいい下町のおばちゃんみたいなあったかさも、ちゃんと懐にかくしもっているのが、この街だ。

豪華ホテルに高級ブティック、クルーザーにプライベートビーチ、カジノに映画祭にジャズフェスティバルとくれば、やたら近寄りがたいイメージが浮かぶが、そんなのは表の顔。ちょっと裏に入れば、吉祥寺のハモニカ横丁と、染井銀座商店街がいっしょになったような、いたって庶民的な一角が、ひゅいっ、と現れて、われわれよそ者をほっとさせてくれる。

洋服やアクセサリーがうじゃうじゃ並んだ店もあれば、地元のひとが日常の買い物をする商店もびっしり軒を連ねている。新鮮な魚介類や肉、野菜や果物、花とかジャムとか香辛料などが並ぶ「フォールヴィル市場」だって圧巻だ。

そう言えば、思い出すたびに笑ってしまうことがあった。カンヌ駅方面に向かって急いでいるときだった。カフェのテラス席で、真っ昼間からパスティス（ウイキョウで香りをつけた強いお酒）をひっかけていた、おじさん（アルコールで、身体もおつむも相当ダメージを受けているのは一目瞭然）が、いきなりにっこりと笑いかけてきた。そして、言うではないか、びっくりしたように目をまん丸にして、「あなたは実に美しい！」。どう見てもこのおじさん、正気とは思えないが、この際ぜいたくは言っていられない。こんな真っ直ぐな讃辞を受けることなんか、そうそうあるもんじゃない。そのまま無視して通り過ぎはしたが、わたしの口元にはうすい笑いが浮かんでいたかもしれない。ややあって、わたしの背中が同じ言葉をきいた。こわごわ後ろを振り返れば、なんと、おじさん、彼の前を歩いている、おばあさんに、にっこり笑いながら言ったものだ。「あなたは実に美しい！」

22 ―― カンヌの美容院

九月半ば、南の街にまだ秋の気配はない。からっとした陽の光が神経細胞の奥の奥までのびてきて眠気をくすぐる。

わたしは南フランス、カンヌの美容院で髪を洗ってもらいながら、クリスチャンという名の美容師とその友人らしい男性との、とりとめもない会話をきいているような、いないような………

頭は半分寝ていた。

「十五分ぐらいしたら出直してくるよ」「うーん、三十分後ぐらいのほうがいいかな、じゃ、また後でな」

ずいぶんと長い間、ふたりは話していたようだったが、客は出ていった。

「お友達、なにか相談事でもあったんでは?」「いや、ただ髪を切りにきただけ」

「本当は彼のほうが先だったんでは?」「大丈夫、彼は時間を持て余しているんだから」

聞けばそのお友だち、職業は左官屋だという。

ウィークデーの朝っぱらだよ、それもカンカン照りの。こんな時こそかきいれ時だってーのに、美容院でさんざん油売ったついでに、散髪なんかしてもらってる場合じゃないだろ、どういう料簡なんだろうね、このひとは。

おかみさんから小言のひとつも出やしないかと心配になってくるようなお人だが、本人は一向にあわてる様子もない。

Aさんちの外壁も急ぎの仕事だしな、来週あたりから天気も崩れるってーし、今のうちにはやいとこ片づけちまうか。そんな算段をしようなんて気はさらさらないらしい。

フランスで例えばちょっとした内装工事を頼んだひにには、予定通り事が運んだためしがない、工期はずるずるのびるのは当たり前、そんなことにいちいち腹を立てていたら、身体がいくつあっても足りない、とよくきくが、この左官屋さんを見ていると、さもありなんとうなずける。にこにこと愛想がよく、いたって気が善さそうだし、朝一番が二番になるぐらいどーってことはない。南のお天道様は夜になっても眠らないときてる、一日が長すぎてあくびが出るぐらいだ、とのんびりかまえているふうに見える。まあこういう寸法で生きてる人たちが集まって工事をやるのだから、頼むほうもそれなりの覚悟ってものが必要になってくる。

来週はおっきな仕事がはいってるから今週中にやっつけちゃおうと思ってたのに、肝心の壁が出来上がってないんじゃ、どうにもこうにもなんねーな、とペンキ屋は帰ってしまう。

きょうこそキッチンの仕上げにかかるつもりが、材料がそろわないんじゃ、お手上げだ、と大工は来ない。

なんだ、よその仕事断って来たのに、ほかが遅れてるんじゃ話になんないよ。という事情で、仕方なくその日は休みとし、散髪にあてることにした、のかどうかはわからないが、ともかく南フランスの左官屋さん、良く晴れた日の朝、友人のやっている美容院にやってきた。

さて、その左官屋さんが三十分、どこかで時間をつぶしてくると言い置いて出ていってからの話だ。

美容師さん、わたしの髪を切りながら世間話を始めた。

「昨日パリから着いたってさっき言ってたけど、パリはどのあたりのホテルに泊まってたの？」

「二十年以上も前に住んでいた建物を正面からにらむかたちで建っている七区のホテルに泊まってたんだけど、あんまりひどかったので、すぐとなりの通り、リュ・ドゥ・レクスポジション（展覧会通り）のホテルに移ったの。その展覧会通りこそ、わたしが生まれて初めて展覧会を開いた通りなの。本当よ」

「絵を描いているの？　ところでついでに言うと、その展覧会通りこそ僕の生まれた通りなんだ、本当だよ。ところでその初めて展覧会をやったっていう展覧会通りの画廊だけど、なんていう名前？」

「テイエール・ブルー（青いティーポット）っていう小さな画廊よ。多分知らないと思うわ。今はなくなってしまったから」

「知ってるさ、だって僕はそのテイエール・ブルーのあった建物で生まれたんだもの。そしてあなたがあの辺りに住んでいたという二十数年前には、僕もまだあそこに住んでいた」

「え、ほんとにー。うちの息子が通ってた幼稚園も近い、なつかしい場所で、昔の思い出に浸ろうと思って、今回はあの地区のホテルを選んだのよ」

「あなたの息子さん、あの辺りから通ってたっていうと、さしずめアヴニュ・ラップの幼稚園ってとこかな」「おどろいたわ、その通りよ。どうしてわかるの？」「だって僕もあそこの幼稚園に通ってたんだもの。僕はお宅の息子さんの大先輩ってわけ」

「それにしても奇遇だわ。こんな偶然めったにあるもんじゃないもの」

「いや、お言葉ですけど、僕は偶然っていうのはこの世に存在しないと思っている。人は出会うべくして出会う。なーんちゃって、これはつい最近、なにかに誰かが書いていたことの受け売り。でも、僕もなんだかこの頃そういう気がしてきているんだ」

袖振り合うも他生の縁、というわけか。

「うちの二十二になる一人息子が、なにを思ったか突然、日本語を勉強したいなんて言い出した。日本語やってどうするんだ、ってきいたら、日本に行ってホンダに勤めるんだって。単純な話で、奴は目下ホンダのバイクに夢中で、そこから思い立ったことだろうけど、子供の頃は日本のアニメにのめりこんで、将来はマンガ家になりたいって、ねんがらねんじゅうマンガ描いてた。多分動機は同じようなもんだろうな。カンヌの大学で日本語の講座があってそれを受けたいって言うから、まあいいんじゃないかって一応賛成しといた。でも日本語はむずかしんでしょ」

そこまで話がいったとき、さっきの左官屋さんが散歩から戻ってきた。一杯ひっかけてきたらしく、アルコールとニンニクの匂いが店中にただよった。

「いまこのマダムに日本語はむずかしいんでしょ、ってきいてたとこだ。お前もなんかしゃべってみろよ」

「アジメマシテ（フランス語はHを発音しないのでこうなってしまう）ワタシノナマエハ　〇〇（わすれてしまった）デス」

なんとこの左官屋さん、一年間カンヌの大学の市民講座で日本語コースを受講したことがあるという。

「アナタノ　オシゴトハ　ナンデスカ？」

「ワタシノ　オシゴトハ　マッソン　デス」

マッソンは日本語でなんというのかと、左官屋さんがわたしにたずねる。「サカンヤ」だと答えると何度発音してもうまくゆかず、「だめだ、むずかしい」と笑いころげた。

「なんだ、お前の日本語も大したもんじゃないな」と美容師さんがからかう。

「だからむずかしいって言ったろ。文字も三種類もあるんだ、一年間の講習じゃとても覚えきれたもんじゃない。それにしばらくやんなかったらすっかり忘れちまった」

「この本にも、ほら、日本語が書いてあるでしょ」

そう言って美容師さんは一冊の大判の雑誌をわたしのひざに乗せた。日本の美容関係の雑誌社が「パリで活躍する十人の美容師（なかのひとりがそのクリスチャン）」を選んで載せた本だ。それぞれの作品、経歴が美容師本人の顔写真と共に紹介されていて、テキストが添えられている。

「なにしろ二十数年前、まさしくあなたが僕の家の近所に住んでいた頃のことだから古い話さ。今見れば笑っちゃうようなヘアースタイルだけど、あの時は大真面目だった」

彼が生まれ育ったパリを捨て、何故カンヌに移り住むことになったか、そのいきさつについて詳しくは語らなかったが、彼のお母さんも美容師、おまけに奥さんも美容師、最初は三人で一緒にやっていたというから、そのあたりの事情、いわゆる嫁、姑の関係などもからんでのことだったのかも知れない。

「なにしろいろいろ面倒になって」と彼は苦笑した。

「今度パリで個展をするようなことがあったら、必ず知らせて」と言って、あなたの個性を演出する、それがわたしの仕事です。クリスチャン。と書かれたカラフルな名刺をくれた。

わたしがパリの展覧会通りで、初めての展覧会に燃えていたちょうどその頃、まだ青年だったクリスチャンは同じ通りで、日本の雑誌社の取材を受けて新しいヘアースタイルの創作に情熱を燃やしていたことになる。それがこうして南の街カンヌのど真ん中で袖振り合ったことを思えば、他生の縁も多少は信じてみたくもなってくる。

23

ニースの駅の長い列

ニースの駅には乗車券を求めるための窓口が少なくとも十個は並んでいる。ところが実際に開いているのはたったの二カ所。ふたつの窓口には当然のことながら長い列ができている。いわゆるラッシュアワーとよばれる時間帯だ。人々は苛立ちを露わにし、連れがいるものはお互いに不満をぶつけ合い、そうでないものは誰にともなくぶつぶつと文句を言ったり、オー、とか、オララ、とか言葉にならない音を発して鬱憤を晴らしている。

長距離も短距離も関係ない。切符を買うにはともかくここに並ぶしか手はないのだ。客はそれぞれの事情を長々と説明するし、対する駅員はあーでもない、こーでもないとご託を並べる。外国人の客も少なからずいるから、言葉のうえでの行き違いも生じる。ようやく話がつき、やおらコンピューターに向き直る駅員、だがこの作業がまたえらく手間取る。

乗客の数がピークに達する時間帯にもかかわらず駅員を二人しか配置せず、窓口のほとんどを閉じてしまう。決して人員が不足しているのではないことは見ればわかる。てんてこ舞いする同僚をしりめに、相当数の駅員がのんびりと私語を交わしているのが見える。ところが誰ひとり混雑緩和に一役買おうとは考えてもいないらしい。

二本の列は長くなる一方だ。

「一体なにをやってるんだ。これじゃ汽車に乗り遅れちゃうじゃないか」

「なんという非能率！　なんという無能！」

人々の口をついて出る言葉も次第に激しさを増してくる。

わたしのすぐ前には若いイタリア人のカップルが並んでいた。ニヒルな二枚目俳優風の男（役どころはゴッドファザーの最愛の息子といったところか）、これから乗ろうとする汽車の出発時間が刻々と迫ってきているらしく、苛立ちは激しい足踏みと、窓口に投げる鋭い視線から十二分に見てとれる。

彼が床を踏みならす音の、規則正しい反復が、わたしの怒りに火をつけた。駅員の不手際に対する、その係員の後をわれ関せずと笑いながら行き交う同僚たちの態度に対する、だらだらと自分の都合ばかりを訴えつづけ、後方に控えるひとびとへの配慮などまるでない客に対する、そして、ぶつぶつ文句を言いながらも、なんのアクションも起こそうとせず、ただただ待っているだけの人々に対する怒りに。

列を一旦抜けだし最前列に進んだわたしは、窓口に向かって抗議した。

「あなた、この行列が見えないんですか。みんな急いでいるんです。なんとかしてくださいよ！」

本当は「極道の女たち」の岩下志麻みたいな口調で決めたいところだったが、フランス語ではちょっと無理。

一言苦言を呈し、いくらかスカッ、としたところで列に戻ると、わたしの前のイタリア男、なんと「ブラボー」と言って拍手をするではないか。ゴッドファーザーの息子も大したもんではない。いよいよ岩下志麻が乗り移ってきていたわたしが、なんや、あんたも案外見かけ倒しやないか、と頭のなかでつぶやいたのと、男が腕時計に目をやり、「オー」と呻き声を発するのとはほぼ同時だった。

女が男の耳元でなにかをささやく。男は大きく頷き、アタッシュケースをしっかりと小脇にはさみこみ、改札口に向かって全速力で走り去った。

ふたりはイタリアに向けて発とうとしていた。ところが切符を買うのに手間取って、このままでは汽車に乗り遅れてしまう。目的地では大事な商談の相手が待っている。女が決然と言った。

あんたは仕事があるんだから、このまま改札を強行突破して汽車に乗ってしまいなさいよ。あとはなんとかなるわ。わたしは後から追っかけるから心配しないで。検札がきたら、事情を説明すればきっとわかってくれるわよ。だって、切符が買えなかったのは、あんたのせいじゃないんだから。

イタリア語で交わされている会話だから実はまったくわからなかったのだが、どう考えても、そのような状況であることに間違いない。わたしの啖呵が彼女の決断を促し、男を勇気ある行動に走らせたのかもしれない、そんな想像をしていたら、いくらか気が晴れた。

ところで駅に切符の自動販売機はないのか、と不思議に思われる向きもおありだろう。そんな方には、あるには、あるのですがー、と曖昧な答えをお返しする他はない。図体だけはばかに大きなのが、駅構内の数カ所にズデンと確かに備え付けられてはいる。どうしてそれを使わないのか、との疑問は至極ごもっともなことだ。もちろんわたしとて何度か試みはしたけれど、切符の入手までこぎつけたことはただの一度もないことを白状させていただく。この販売機、現金は嫌いだ、なにがなんでもカードにしてくれと言う。それからあとの手続がまたややこしくて、とうていわたしの手におえるものではない。あまりにも注文が多すぎるのと、出てくる表示の意味がよくわからないのとで、いつも面倒になって途中で投げ出す。

図体は三人前、働きは半人前の、この機械に振り回されるのは、なにも旅行者に限ったことではない。長い列を横目で見てから、これは自動販売機のほうが早そうだと機械へと進んだはいいが、面倒くさい手続きに散々首をひねった挙げ句、苛立って蹴りは入れないまでも、手を大きく振り回しながら、文句をつけて立ち去るフランス人を何人も目撃した。この役立たず！

この日、カンヌまでの切符をようやく手に入れた時には、あたりはすっかり暗くなっていた。例えばの話、渋谷から池袋に行くための切符を買うのに費やした時間の長さが、渋谷、池袋を十往復したほどのものだったという恐るべき出来事だった。あきれ果て、疲れ果て、すっかり宵闇に包まれた窓外を眺めながら、しみじみ日本をなつかしいと思った。

列と言えば、あれは初めてパリに住んだ、三十年以上も前のことになる。場所は、とある郵便局。日本から書留で小包が届いている旨、通知してきた葉書を携えて、わたしはいそいそと郵便局に向かった。窓口にはいつものように長蛇の列が出来ている。だが、事務は遅々として進まない。後ろに控えるひとたちのことなど眼中にないらしいお年寄りが、のんびりと世間話を始める。局員はこれまたあわてるでもなく、その話に付き合っている。単に相づちを打つぐらいにしてくれればよいものを、彼は自分の意見を得々と述べる。しまいには列のなかから溜息の合唱がきこえはじめた。ようやくわたしの番がきたのはいいが、そこでまたまた予期せぬ事態がおきた。葉書を受け取って奥に消えた郵便局のお兄さん、いつになっても戻ってこないのだ。時々、あわてふためいて広い局内を走り抜ける姿を見かけるが、すぐにまたどこかへ消えてしまう。ようやく窓口に戻ってきたそのひとがおっしゃるには、あなた宛の小包がどこを探しても見あたらないというのだ。

「見あたらないって、どういうことですか。大事なものだからわざわざ書留にしたんだと思います。それが郵便局に届いてからなくなるなんて信じられませんよ」

わたしの国、日本では絶対に起こり得ないことです。とつけ加えると、「あなたは素晴らしい国に生まれたんですよ。フランスでは、こういうことが時々起きます。もう一度徹底的に探してみますので、きょうの午後にでも出直していただけないでしょうか」と言って屈託なく笑う。

　結論から言えば、その日の午後わたしは無事小包を受け取ったのだが、それは当時手伝っていた新聞社から送られてきた、長い筒に入った展覧会の巨大なポスターだった。お兄さん何度もその前を行き来しながら、まさか小包だとは思わず柱かと思って素通りしていたと言うではないか。

「今度から、これは柱ではない、小包です。と大きく書いてくれるように頼んでおいてね」

　お兄さん、自分の笑いに、こちらを巻き込もうと躍起になるが、そんなもんで笑えるわけないでしょ。

24

——怪我の功名

一昨年の十一月、夫婦揃ってフランスへ出かけた。あわただしい日程ながら、それぞれが予定していた用事をつつがなくこなし、まずまずの成果もおさめて、めでたし、めでたし、しゃん、しゃん、しゃん、といくはずだった。

旅の最終日、パリは晩秋にしてはめずらしく晴れわたっていた。空はあく抜きしたみたいにさっぱりと青く、空気は季節はずれの春衣をまとって、ふわふわと浮かれ舞っているようだった。

チェックアウトを早めに済ませて、トランクをフロントに預け、最後の散策を貪ろうとホテルを飛び出した。

セーヌ川沿いの小径をそぞろ歩いていると、人品いやしからぬ老紳士が、やんごとなきお血筋とお見受けする、グレーの犬を従えて反対側からやってくるのが見えた。すれ違いざまに、お犬さまをよけた、というたしかな記憶がある。その地点が、両者の明暗を分けた。くだんのお犬さまは小径のど真ん中を、心地よさげに、そよそよといった風情で過ぎてゆき、端っこによけたわたしの右足は、そのとき、ぐぎっ、と鈍い音をたてて、わずかなへこみへと落ち込んだ。

昔からよく捻挫をする。歩行自体に問題があるのか、はたまた身体が微妙に右方面に傾いでいるのか、きまっていつも右足だ。平均して年三回といったところだろうか。捻挫とはそんなわけの親しい間柄だ。お互い気心もしれている。だから今回も、くぼみに落ちた哀れな右足に「えいやっ!」と気合いをいれ、その勢いで体勢をととのえ、われとわが身に精一杯の見栄をはって、すずしい顔で歩き出したのだった。もちろんいくばくかの痛みはあったが、それから小一時間ほど散歩をつづけたのだから、我慢できないほどではなかったはずだ。

これはただ事ではないと思い始めたのは、昼食をとろうと行きつけのカフェに向かって歩いているときだった。一刻も早くイスにこしかけて、足と地面を切り離さないことには、どうにもならないところまできていた。

パリ最後のカフェご飯をすませ、いざ立ち上がると、とんでもない痛みが右足内で激しく暴れ出した。

なんとか最寄りの薬局に辿り着き、湿布薬を購入。患部にペタリ、と貼るものをイメージしていたが、出てきたのはチューブ入りの塗り薬（うーっ、効いてるー、という実感の訪れが一向にない、はかなーく、あわーく、たよりなーい、つけ心地のもの）と包帯。それでも店内のイスを借りて、薬剤師の指示通りなんとか応急処置をすませ、タクシーをよんでもらってホテルへ向かう。

薬局からの説明で、すでに事情をのみこんでいた女性のタクシー運転手。出来たら出発前に病院に行ってレントゲンを撮り、しかるべき処置をしてもらったほうがいい、とホテルに近い病院をいくつか教えてくれた。

「必ず救急窓口に行くことね。飛行機は何時？」「今夜十一時三十分よ」「だったら、九時、あ、それじゃだめ、八時、いや、七時三十分、ううん、七時、そう七時の便って言いなさい。本当のことなんか言ったら、間違いなく明日の朝になっちゃう。それぐらいもたもたしてるのよ。だから正直に話す人なんか一人もいやしない。ウソ八百ならべてもわれ先に、っていう連中よ。一事が万事そう。とても恥ずかしくて、残念なことだけど、これがこの国の真実なのよ」

短い乗車時間の間に、自国へのかるい皮肉をまじえながら、困っているこちらの身になって、あらゆる可能性をさぐってくれた彼女の、掛け値なしのやさしさは、こころにひびいた。

ホテルに着いて事の次第を説明すると、フロントでもっともたよりになるD氏が、シングルの部屋と冷却用の氷を急遽用意してくれた。彼のアドヴァイスを受けて、出発直前に薬局で、テーピング（取り外し可能な既成のベルトで）をしてもらい、なんとかタクシーに乗り込むところまでこぎつけた。

「捻挫してすぐ腫れてこなかったんなら、骨折じゃないいな。実は僕、サッカーの選手だったんだ。そのころ、何度も怪我で泣いたけど、骨折の場合、直ちに足が腫れあがってくる。飛行機のなかではただでも血行が悪くなるから、テーピングはゆるめたほうがいい。薬を時々塗って、マッサージするのも忘れないで。マッサージはムッシューの仕事だ。出口なしの機内じゃ逃げ出すわけにはいかないよ。マダムはそこでムッシューの愛情が試せる。それでもなんだかんだ言ったら、飛行機降りてすぐ別れることだね。とにかく幸運を祈るよ」

三十八才、独身だという運転手は、そんな軽口をたたきながら、飛行場までの移動が、いくらかでも楽になるよう気を配ってくれた。かつてはスケジュールの調整が難しいぐらい、たくさんのガールフレンドがいたのに、今じゃたった二人（二人いれば上等じゃない、と夫）。気がつけばこんな年になっちゃった、と笑ってから、楽しい時間はあっという間さ。と、いやにしんみりと言った。

空港では、エールフランスが用意してくれた車椅子のお世話になって、出国手続きをなんとか済ませた。車椅子係は、若く可愛い女の子と、同じく若い男の子のペア。どちらもアラブ系らしいふたりの、耳慣れぬ言葉でのおしゃべりはやまることがない。

出発ロビーに着くと、搭乗時間になったら迎えにくるから、とわたしをソファに残して車椅子といっしょにふたりは消えた。機内持ち込み手荷物の番をしながら、空港内のショップにお土産を買いに行った夫を待つ。なにげなしにバックをあけるとパスポートがない。チェックインのあと、たしかに手許に戻ったはずなのに。急に不安になるが身動きはとれない。そのとき、車椅子係の男の子が「マダム、あなたのパスポートを」と言って持っていったきりなのを思い出した。どこで渡したんだったっけ。ほんとうに彼はエールフランスの人間なのだろうか。彼がこのまま戻ってこなかったらどうなるのだろう。パリのあちこちで女性が忽然と消える、というまことしやかな噂のことを思い出した。消えた女の行き着く先は、ハーレム……。だが、待てよ、わたしの身柄は現にここにある、ハーレムに連れ去る価値なし、と踏まれたということか。ならば目的はなんだ？　わたしのパスポートをどこかに売りさばく？　だれに？　ふと気がつくと、さっきまで周りにいた大勢の日本人の姿がことごとく消え、いつの間にかわたしは、どこの国とも特定しがたい、外国人たちに取り囲まれていた。搭乗口の掲示を見ると、便名と行く先が変わり、チュニス（チュニジアの首都）行きとなっている。エールフランスの職員がいそがしく行き交うのが見えるが、何が起きたのか歩いていって尋ねることもできない。不安は増幅し、想像はどんどんふくらんで、推理小説まがいの展開に……。

夫がようやくもどってきた。なんのことはない、パスポートは、車椅子係の男の子から夫が返してもらったというし、出発ロビーから日本人が消えたのは、わたしがつまらない空想にふけっている間に、搭乗口の変更があっただけの話だった。予期せぬ事故、車椅子による移動。緊急事態に脳内が混乱しての疑心暗鬼。いま思えば実にばかげているが、ほんの二メートル先を遠いと感じる馴染みのない距離感。立ち上がれないことによる目線のズレ。たったそれだけのことが招き寄せる特殊な心理状態が、よけいな恐怖をあおったらしい。もちろん空港という、ただでも現実離れした空間のせいもあったのだろうが。

結局わたしの怪我は捻挫ではなく、右足小指付け根の骨折。ぐぎっ、とやってからひと月を過ぎても修復されず、とうとう年を越した。骨と歯には絶大なる自信があったのに、と地団駄ふんでももう遅い。独りよがりな思いこみや、過信など、ちょっとした番狂わせが生じれば、ひとたまりもない、それを思い知っただけでもよかったと喜ぶべきだろう。このあたりで一度こころをゆるめて小休止。春からリセット、再起動というのもわるくないかもしれない。旅の思い出もろとも、ギブスでカッチリ封印されたわが足を眺めながら、いつになく神妙な心持ちで迎えた年始めであった。

25——雪のミラノ

十一月の中旬、パリ経由でミラノに行った。

わたしが初めてイタリアという国に突入したのは、三十年以上も前のことになる。突入などという物騒な言葉を使うしかないほど、それはそれは乱暴な入国の思い出だ。

岩崎力先生が帰国の際に残していってくださった車で、当時住んでいたパリを出発したわれわれ夫婦は、どのようなコースをどう辿ったのか、まるで記憶にないのだが、ともかくイタリアはフィレンツェ目指して、ひたすら突き進んでいた。自らを運転不適格者と認め、免許証の取得など眼中にないらしい夫が、地図を片手にナヴィゲーターをつとめ、地図を見るのが大嫌いなわたしは、指示された通りの方角に向かって、気持ちよく車を走らせる。途中、どこかで泊まったのだろうが、それも思い出せない。フィレンツェ目がけて四千キロ。自動車というからには、自分で動いてほしいわよね、人の手を煩わせずに。そんな減らず口をたたきながら、ひたすら距離を食べるように、走って、走って、走りつづけた、憶えているのはそれだけだ。

ピサとおぼしき街に着いたのは、夜半近くだったと思う。いくら出たとこ勝負の気ままな旅とはいえ、様子のまったくわからない場所に、脇腹から突っ込むようにして入り込んだはいいが、着いた先は、灯りもなく、道しるべも定かではない漆黒の闇だ。

両側を真っ黒な、やたらに背の高い建物に挟み込まれた細い道の行く手には、一段と黒みの濃い巨大な棘が、斜めに突き刺さった形で立ちはだかっている。それがピサの斜塔だったわけなのだが……。すす払いを終え、すっかり色白になったパリを見慣れた眼に、墨色の重苦しい街並みが、どさり、と覆いかぶさってきて恐ろしく、なにか得体の知れないものに導かれて、不吉な世界に迷いこんでいくような感じがあり、全身がこわばった。宵闇に斜めに立ちはだかる黒い塔は「黄泉の国」の入り口みたいに見えた。

いやな感じの道に入り込んじゃったな、と思った、その時だった。反対方向から一台の車が、かなりのスピードで近づいてきて、決してゆるやかとは言えない速度で走る、われわれの車の出現に驚いた様子で、キューウーッ、とブレーキを踏んで、キ、キ、キ、キッ、と、あわやもんどり打ちそうな勢いで止まった。こちらもあわててブレーキを踏み、二台の車はわずか三十センチぐらいの隙間をはさんで、しばし無言のままにらみ合った。ややあって、われに返ったらしい相手のドライヴァーは、そのままバックしろ、という仕草をこちらに送ってよこす。わたしは指示通り車を動かし、なんとか振り出し地点にもどった。一方通行の道に突っ込むという、とんでもないミスをおかしたのが自分のほうだったことを、その時初めて知った。相手がもうちょっと反射神経が鈍い人だったら、ほんとうに、あのまま「黄泉の国」に連れていかれるところだった。

二度目は一九八〇年のヴェネツィアへの旅、そして今回のミラノと、長靴の入り口の、ほんの狭い部分を、ちょん、ちょん、とついばんだだけの乏しいイタリア体験で、ローマもポンペイもナポリも未だ知らない。先の楽しみに、と言いながら、なかなか近づけないでいる。

『ミラノ　霧の風景』を初め、須賀敦子の数々の著書を通じて、ずいぶん親しい気分になっていたミラノは、われわれの到着した日から雪になった。硬い路面と決して折り合うことのないふわふわ雪は、降るそばから石にヒリつき、冷気が背筋を凍らせる。

十一月のパリに厚手のコートはいらない、と決めつけて軽装で日本を出たが、例年にない寒さで往生した。これから向かう北イタリア、ミラノの寒気がそれを上回ることはわかっていたが、雪まで降るとは予想外だった。

さすがファッションの街、ミラノだけあって、見るからに上等そうな布地のロングコートや毛皮を身に纏い、颯爽と歩く人々の表情が、とりつくしまもないほど硬く、冷ややかに感じられたのも、おそらくこの寒気と無関係ではなかっただろう。

北と南では言葉も気質も、同じ国とは思えないほどにちがう。北の人は生真面目で冗談もめったに出ない、と言われている。本当だろうか、自分で確かめてみたい、と思ってもそれは無理な相談だ。なにをやるにも言葉の壁にガツン、とぶち当たる。折角はるばるやってきたのだ。せめて、ほんの数センチでも、街の暮らしに分け入りたい、とそれでも欲を張る。だが、なにもかもがシャーベットみたいにシャリシャリで、匂いも味も温もりも感じ取れない。

路面電車がにぎやかに行き交うが、それを乗りこなすことも出来ないので、あらかたの場所へは徒歩で行く。だが、どこを見渡しても、およそ八百屋だの、魚屋だの、肉屋だのといった、生活用品を商う店が一軒たりとも見あたらない。そういった所帯の匂いのするものを手にした人たちも見かけない。日本で言えば銀座のど真ん中みたいな所なんだから、当たり前でしょ、と言われればそれまでだが、ここに暮らしている人だっているはずなのに、一体その人たちは、どこで食材を調達するのだろう、と気になって仕方なかった。

たとえばパリの中心、ノートルダム寺院のあたりでだって、フランスパンや野菜が入った買い物袋をぶらさげて歩く人に出くわす。銀座だって、裏通りに行けばたまには小さな商店があるし、前掛け姿の女性も見かける。煮炊きの匂いもする。右も左もわからない土地で、なによりわたしを安心させてくれるのは、そこに住む人々の胃袋を支える食材の山だ。どこに行っても先ず市場を見て、ああ、ここの人たちは、こんな物を食べているのか、と確かめるだけで、ほっとする。

イタリア最大のゴシック建築、レース模様のように繊細な、建築物というよりおそろしく手のこんだ細工物みたいなドゥオモの尖塔を仰ぎ見られるホテルに泊まり、サンタ・マリア・デッレ・グラツィア教会の「最後の晩餐」も、スフォルツァ城にあるミケランジェロのピエタも観たというのに、そんなつまらないことばかり気にするわたしに呆れて、「裏通りに行けばあるんだろう」「決まった曜日にどこかに市がたって、そこでまとめ買いをするんだろう」。夫は、面倒くさそうに言った。

並んでいるのはレストランや洋服屋、宝石などを売る店ばかり。書き割りのなかを歩いているみたいで落ち着かない。有名ブランドの大きな紙袋を両手にいくつもぶら下げて、血相変えて走り回っている日本人女性たちに何度も出会った。「あった！　あそこだ！　グッチ！」と叫ぶ声に「え、ドッチ？」とおかしな具合に振り返って、あやうく捻挫しそうになった。（冗談ではないのだ。去年、パリで犬に気をとられて、足をすべらせ骨折したわたしとしては）

ブランド物。宝石。豪華絢爛な花。そういったものにはまったく興味がない。そういうものに夢中になる人の気持も理解できない。有名。高価。だから欲しい。そんな理由で買ったものに、人を輝かせる力はない。だから買っても買ってもついに、こころは満たされないのではないか、と思えて仕方がないのだ。

「わたしたちは、氷砂糖をほしいくらい持たないでも、きれいなすきとおった風を食べ、桃色のうつくしい朝の日光をのむことができます。またわたしは、はたけや森の中で、ひどいぼろぼろの着物が、いちばんすばらしいびろうどや羅紗や、宝石いりのきものに、変わっているのをたびたび見ました［……］これらのわたしのおはなしは、みんな林や野はらや鉄道線路やらで、虹や月あかりからもらってきたのです［……］これらのちいさなものがたりの幾きれかが、おしまい、あなたのすきとおったほんとうのたべものになることを、どんなに願うかわかりません」

雪の舞う凍りつくような街を、ブランド品目がけて、ひた走る同胞の姿を目で追っていたら、子供のころから大好きで、空でも言えるほどになってしまった、宮沢賢治の「イーハトーブ・童話序文」（ところで、あれを正式にはなんと言うのだろう）が突然、頭のなかをかけぬけた。

ミラノの魅力のひとひらでもすくって帰りたい、と焦るわたしを、なによりもほっとさせてくれたのは、本屋さんの存在だった。気をつけて見ていると、実に書店が多い街だ。しかもそれぞれが個性的で、取り澄ましていない。耳に心地よいイタリア語が、そのまんま文字になって、店内をピチピチ飛び跳ねているようでうれしくなる。

フランス語との関連で、なんとなく雰囲気のわかるタイトルや、装丁に見入るだけでも、十分満足感が味わえる。日本の書店にあるような、ベストセラーコーナーもあって、スポットライトに照らされた本を眺めながら、やっぱりこの国でも、ノウハウ物やメロドラマ、スキャンダル本が上位を占めているのか、とため息をついたり、美術書、インテリア、料理関連の本が並んだあたりを探索し、彼らの興味の一端をのぞき見るのも興味深い。日本料理を初めとする、アジアンテーストが、どうやらヘルシー嗜好の人々に受けているらしいとか、ヨガもはやっているらしい、そんな小さなことを知るだけでも、こころがのびる気がした。

須賀敦子が夫、ジュゼッペ・リッカとともに短いけれど、充実した日々をすごしたコルシア書店（サン・カルロ教会の脇にあり、現在はサン・カルロ書店と名前も改まっている）は、地図で見ると、ホテルからつい目と鼻の先ということがわかり、行ってみることにした。ところがいざ歩き出すと、方向があやしくなってくる。雪空の下、地図をひろげ首をかしげていたら、「どこをおさがしなの？」と品のいい老婦人が英語で話しかけてきた。ご主人の仕事の関係で若いころ、東京に住んでいたことがあるという。その人は、教会のすぐ近くまで連れていってくれた。わたしもちょうど同じ方向に行くところだから、と。さりげない親切がぬくくん、ときた。

元はサン・カルロ教会の物置だったという、細長くて不思議な形の書店だ。おそるおそるドアを開けてみる。真っ赤なセーターを着た、見るからに温厚そうな男性がレジのあたりに立っていたが、いらっしゃい、でもなければ、こんにちはでもない。それが実にありがたい。なんとなくらくーになる空気がながれてる。まったく意味はわからないが、記念に一冊、絵本を買った。『君は特別』、勝手にタイトルをそう決めたら元気が出て、ミラノがちょっとだけ近くなった。

26——サイゴンの恋文屋さん

この飛行機は間もなくホーチミンに到着します、というアナウンスがあったので、ひと足先に眼を下界におろすと、街を縫うように這う道という道を、蛍の光みたいなちいさな灯が、細く長くつらなって、動いていくのが見えた。

空港に迎えに来た旅行社の車が街の中に入った途端、猛スピードで走り去るオートバイの大群が真っ先に目にとびこんできて、ああ、あの蛍の正体はこれだったのか、とはじめて合点がいった。

それにしてもなんという数だろう。二人乗りは当たり前。三人乗り、そんなのお茶の子さいさい。おむつカバーに肌掛けいっちょの赤ん坊を真ん中に、一家全員、ぴったりと張りついて乗っているのなんか珍しくもなんともない。家族の隙間に犬や荷物をついでにはさみこんでも、だれも驚かない。ひたすら前だけを見据えて、一心不乱に突き進む。

ぶれながら、もつれながら、うねりながら、ゆれながら、はねながら、ほえながら、うなりながら、夜のしじまをつんざいて、ひたすら駆け抜けるバイク、バイク、バイクの群。ヴェトナムのパワーが束になって押し寄せてくる。

三月下旬、ヴェトナム、ホーチミン四泊五日の旅に出た。うち一泊は機内だから実質三泊。見知らぬ国を知ろうというには、あまりにも短い旅だ。自分に都合のいい箇所だけを、さっさと目に取り込んで、あとは見て見ぬふり。そんな旅行者の不遜さを旅するごとに感じてきた。こんなふうに、ろくな予備知識もないよそものが他人様の暮らしのなかを、土足でそそくさと横切っていいものだろうか、とほとんど罪の意識にちかいものさえ覚えることがある。

バイクの群もさることながら、空港の予想もしなかった光景に先ず目をむいた。エアーターミナルを一歩外に出ると、深夜にもかかわらず、たくさんの人がびっしり、積み重なるように待ち受けていて、空港付近は異様な熱気につつまれている。

日本語を話すガイド、タンさんに訊くと、これはごく当たり前な空港の光景なのだという。「飛行機に乗る、それはこの国の人にとって、まだまだ大変めずらしいことなのです。だから、だれかが乗れば、家族、親戚、友人がかけつけるのです。びっくりされたでしょう」

南ヴェトナムの三月はもう夏だ。ただでも暑い。火照った空気を人々の体温がふさいで熱の逭い出る穴もない。だが、この感じ、妙にピンとくる。人がわんわん集まっているが、大声を張り上げるわけでも、押し合うわけでもない。いたって静かでおだやかで、和みをにじませた人混みなのだ。人の渦のなかからこみあげてきて、こちらのこころにぴたり、と寄り添ってくるものがある。それは頭を通過する感覚ではなく、皮膚に直接訴えかけてくる感じ、どこかで、たしかに触ったことがある、なつかしい肌触りだった。

スケジュールてんこ盛りのパック旅行は、翌日早朝スタートを切った。

わたしたち二人組と、もうひと家族（中年夫婦と奥さんのお母さん）を乗せた車は、最初の目的地、クチの地下トンネルに向けてひた走る。途中、延々とつづくバラックのつらなり。古タイヤや鉄屑を積み上げて商う店、店、店。手製の籠を全身にくくりつけて売りに行く老人。水の入った大きなポリタンクや食材をかついで商売にでかける女性の姿などを目にして、ああ、戦争が終わって三十年も経つのに、ヴェトナムはまだこういう状態だったのか、と胸をつかれた。

一党独裁の社会主義国、ヴェトナムの復興は思うに任せない。生活も一向によくならない、とタンさんは嘆く。一方では高級マンション、一戸建て住宅、ホテルなどの建築ラッシュも始まり、貧富の差は旅行者の目にもくっきりと映る。

ホーチミンからマイクロバスにゆられること一時間半、ようやくクチトンネルに到着する。車を降りるがはやいか、ひと息つく暇もなく、巨大な地図と大型テレビのある部屋へと案内され、ヴェトナム解放戦線の拠点となったクチで、人々がアメリカ軍の空爆や枯れ葉剤投下にもめげず、地下に潜っていかに勇敢なゲリラ活動を展開したか、とことん頭にたたきこまれる。そこで一服する間などあらばこそ、トンネル内実戦体験へと即、突入するという寸法だ。こんな狭いところからよく潜れたものだ、と感心していたら、これは観光客向けに特別掘った入り口で、本物はもっと狭いと聞き、思わずのけぞってしまった。のけぞりついでに、どうかそのまま、そのままの姿勢で、穴ぐらをずーんと奥へと言われて、一瞬ひるんだが、もう遅い。来たからには引き返すわけにはいかない、というのがここでの掟だ。蟻のお屋敷みたいな暗闇を、泥まみれ、汗みどろになりながら、不自然な姿勢のまま移動するのは至難の業。彼らがどんなにスリムで、敏捷な人たちだったか、それだけでも驚くにあたいする。兵士の医務室だった場所には、トンネル実習でへたばった、本物の病人が倒れ込んでいた。

穴ぐらを抜けると、頭上に青空が降ってきた。枯れ葉剤の被害からやっとの思いで立ち直った健気な緑のなかで、蓮の葉茶とタロイモのふかしたのをご馳走になる。お日様をほおばっているような、大らかな美味しさだった。

口笛の合唱に振り向くと、アメリカ人の熟年グループが記念撮影をしているところだった。戦車の上で五人ほどの男性が、Vサインをしてポーズをとり、仲間が下ではやしたてている。迷彩服を着たヴェトナム兵士の等身大の人形と肩を組んで、大はしゃぎしている人たちもいた。彼らがヴェトナム戦争を知らないはずはない。もうすっかり忘れてしまったのだろうか。

翌日はメコン川クルージングだった。泥色の滔々たる流れは川というより荒海の貫禄だ。そこをモーター付きの小さな木造船にぐねぐねゆられて、タイソンという島に渡るのだ。この島、フルーツの収穫でかなり潤《うるお》っているらしく、新築の立派な家（これは果物長者の家です。こちらも果物長者の家です。こちらは中ぐらいの長者の家です、とガイドはいちいち説明した）が並んでいる。

農家の庭先が休憩所になっていて、一軒目の家ではドラゴンフルーツ、ライチ、マンゴー、ランブータンなどの新鮮なトロピカルフルーツが、二軒目では果物や冬瓜、しょうがなどの砂糖漬けがふるまわれた。しょうがの砂糖漬けを食べながら熱いお茶を飲んだ途端、とんでもない辛さがひろがって、耳の穴まで突っつき回す。針みたいな辛さ（日本のしょうがとは絶対別物と確信）に目を白黒させているると、色鮮やかなアオザイを着た典型的ヴェトナム美人が登場し、突如歌い出した。シュワアセナラ　テヲタトゥコー　シュワアセナラ　タイドゥデ　シュメソーヨー……ヴェトナム語って日本語に似てるんだ、と思いながら聴いていたら、それは紛れもない日本語の「しあわせなら手をたたこう」というあの歌なのだった。あどけなさの残る顔をかがやかせ、大きな口をあけて、意味もわからない日本語の歌を歌ってくれるかと思えばホロリ、とくる。美女たちに気をとられているすきに、ドライフルーツの袋詰めがテーブルに山と積まれていた。お土産に買っていってくれ、ということらしい。旅行社、ガイド、果物農家、「シュワアセガールズ」、当然ながらみんなグルだ。次の地点の呼び物、ココナッツミルクキャンディーだって例外ではない。そしてこんな光景は全旅程、いたるところでくりひろげられる。日本円にすればいくらでもない、もちろんそれはあるが、買ってもいいかな、という気持が自然とわく。「商魂」などという言葉はつかいたくない、必死な想いが胸を打つのだ。

日本に帰る前日、ホーチミン市の雑貨、洋品、文具類などあつかう店をのぞいてみた。独特の風合いのドンホー版画紙、封筒など買ったあと、一枚のブラウスに目をとめていると、すらり、と背の高い美女がすーっ、と音もなく近づいてきて「そのブラウス、きっとあなたに似合いますよ」と英語ではなしかけてきた（どの店の店員も英語か日本語を話す。そして自分たちの国の通貨、ドンよりもドルを好む。わたしは今回の旅で、ぜひとも聴いてみたかった、彼ら自身の言葉、ヴェトナム語の響きをついに最後までキャッチすることはできなかった）。もえぎ色の絹製で、仕立てもデザインも申し分ない、そのブラウスの袖口と裾を縁取るオーガンジーに添えられた、控えめな色合いの刺繍がなによりも見事だった。だが、いかんせんサイズが合わない。「オーダーもオーケーですよ」と彼女がすかさず言う。でも、無理、出発は明日だから、と答えると、その場にわたしを留め置いて、急ぎ電話をかけに行った。

「ふつうなら翌日でも大丈夫ですが、刺繍をするおばあさんが急に病気になって、残念ながら明日までには出来ないそうです」と申し訳なさそうに謝る。

観光客が洋服をオーダーすると、出発に間に合うようにホテルに届けてくれるシステムは知っていたが、わたしが驚いたのは、あの手の込んだ繊細な刺繍を、もし病気にならなければ、そのおばあさんがひとりで、それも一晩で仕上げてしまうということにだった。そして、その心意気もふくめてのお値段が、日本でTシャツ一枚買うよりも安いということにだった。

ひっきりなしに流れるバイクの大群。その隙間を器用に縫って商売にはげむシクロと呼ばれる人力車の列。カラオケ、ヤキトリ、スシ、ヤキニクと客を呼び込む人の声。靴磨きに宝くじ売り。ホーチミンの裏通りは、むきだしのバイタリティーに沸いていた。明日の暮らしをにらみ据える、切実な想いが滾《たぎ》っていた。

そんな喧噪とは、まったく対照的だったのが、フランス統治時代の面影をのこす一画だ。建物も公園も広場の趣も、フランス人の息がかかったところは、すぐにそれとわかる。なかでもとりわけ印象的だったのは、サイゴン大教会（聖母マリア教会）のそばにある中央郵便局。アーチ型の高い天井は、郵便局というより駅舎のような堂々たる風格だ。局内中央一直線に、紫檀のデスクとベンチがしつらえられ、ランプの下で文をしたためられるようになっている。その一隅で、銀髪のヴェトナム人男性が分厚い資料を読んでいた。かなりの高齢と思われるが、白い麻のシャツをすずしげに着て、背中の筋をまっすぐにのばし、端然と座すその姿は凜として清々しい。思わず見惚れていると「あの人は手紙を代筆する仕事をしています」とガイドのタンさんが教えてくれた。洗い抜けたようにさっぱりとした佇《たたず》まいの、ああいう人は滅多にいない。

フランスやアメリカに帰ってしまった恋人へのラブレター。財産分与や慰謝料の請求。生まれた子供の認知の要請。読み書きができないひとたちの日常的な手紙。どれだけの手紙を書き、どれだけの人生をかいくぐり、どれだけの物語をのみ込んだのだろうか。わたしはその人をひそかに「サイゴンの恋文屋さん」と呼んだ。

ヴェトナムがヴェトナムとして在る喜びをかみしめているようでもあり、過去の不幸や現在の暮らしに、静かな怒りをもやしているようにも見えるホーチミンのざわめきを思い出すたびに、わたしの頭のなかを「サイゴンの恋文屋さん」が吹きぬける。まるですずしい風のように。

27——マチルダからの手紙

二月の半ば、マチルダから分厚く硬い封書を受け取った。

一九七〇年、わたしは、パリ五区ユルム街の高等師範学校の隣りにある国立装飾美術学校（通称アール　デコ）に通っていた。ブルガリアの留学生、マチルダとは彼女の人なつっこさもあって、すぐに打ち解けあった。六八年〈五月革命〉の嵐こそ過ぎ去っていたが、学生運動はまだまだ盛んで、アトリエのなかでも、連日、政治的な議論がくりひろげられていた。元より政治のことなどチンプンカンプンなうえ、彼らのたたかわせる会話に首をつっこめるほどの語学力の持ち合わせもない。いつもぼんやり、とした顔で火の玉を投げ合うみたいに熱っぽく語る友人たちを見ているわたしを、「ちょっと、ニッポン。大丈夫？　起きてる？　そんな細い目で、世界がちゃんと見えてるの？」とマチルダはよくからかったものだった。

アトリエには、マチルダやわたしのほかにも、外国からの留学生が少なからずいた。生まれ育った国もちがえば、お国事情も当然異なる。個人と個人のぶつかり合いは、時としてそれぞれの祖国の沽券にかかわる問題にまで発展し、喧嘩腰のかまえになることもしばしばだった。

ある朝、教室に入っていくと、ハンガリー人のイロナにマチルダが議論を吹っかけているところだった。ブルガリアでは社会主義体制のもと、いかに物事がうまく運んでいるかについて熱弁をふるったあと、それにひきかえあなたの国は、といった調子でハンガリーの体制を批判したのだった。イロナは語気を荒らげて反論し、最後にこう言ったのをよく憶えている。

「同じ社会主義国家といっても、あなたの愛するブルガリアは元々貧しい農業国だったんだから、うまくいくもいかないも、昔も今もなんら変わりないんじゃないの。失うものなんか、なにひとつなかったわけでしょ。ハンガリーとは歴史的背景も、ここに至るまでのプロセスも、まるでちがうってことを忘れないで！」

当時、国費で西側に勉強にくるということは、とんでもなく特権的なことだったはずだ。彼女たちのプライド、使命感も並大抵ではなかったろう。なにしろ、頭上に国家をいただいていたのだから。

自分の国を「堕落している」とののしられたイロナの、くやしそうな顔はなんとなく思い出せるのだが、ブルガリアがなにほどのもの？　と皮肉られたマチルダがなんと切り返したのか、肝心なところが記憶から抜け落ちている。だが、自分でしかけた戦いの矛はきちんと収めるのが彼女の流儀。うまくケリをつけたことだけは間違いない。すくなくとも血の雨は降らなかった。

思ったことをお腹のなかにしまっておけない、真っ直ぐな性格のマチルダの、歯に衣きせぬ物言いは、時として人をびっくりさせることはあったけれど、彼女の放つ矢は、切っ先が相手の胸をぐさっ、とやる一歩手前で、ぴたり、と止まり、決定的に人を傷つけることはなかった。

頭の回転が速すぎて、言葉のほうが追いつかない。正しく並べる間も惜しいから浮かんだ順に発射しちゃえ、そんな調子で機関銃のようにしゃべるマチルダも、フランス語を書くことを面倒がるという点においては、わたしと似たり寄ったりだった。だから、お互い、あまり手紙を書かない。クリスマスと新年の挨拶が一緒になったカードの余白に、家族の近況などを添える程度でごまかしてきた。その彼女が、季節はずれの二月にどうしたんだろう。寒気が肩胛骨のあたりから押し寄せてきて、脳みそがかじかんだ。

封を切ると、モノクロームの写真入りカードが出てきた。雪景色だろうか、さみしい公園のような場所の地面は真っ白で、左端に黒く太い木の幹が、右画面奥に、左肩をおとした姿勢で遠ざかってゆく人影が写っている。

「親愛なるフサコ、きょうは悲しい知らせがあるの。昨日、フレデリックが死んだわ。彼女はひとりで生きて、ひとりで死んでいったのよ。コレットとわたしは何度も、何度も彼女を助けようとしたの。でも、その度に沈んでいってしまった、アルコールのなかに。そうなの、彼女、アルコール中毒だったのよ。かなり前から仕事も出来る状態ではなかったの。明日がお葬式。ああ、いやだ。辛いことだわ。でも行ってくる。コレットといっしょに………」

冷静に事実だけを伝えようと書きだした文は、カードには収まりきらず、メモ用紙何枚にもわたって書き継がれていた。小さな紙切れが封筒のなかから、パラパラ、パラパラ、こぼれ落ちた。

フレデリックの創造性は群をぬいていた。だれもがその才能を認めた。われわれが卒業制作のために選んだのは、インテリアのためのテキスタイルデザインという極めて幅の狭いテーマだったが、彼女には仕事の誘いがいくつもあった。だが、本人はそのどれにも積極的ではなかった。それどころか話が自分に向けられるのさえ、極端にきらう気配があった。仕方なく自らのことを語るときは、膝のあたりで砂山をかためるような手つきをしたり、宙にさざ波を描く仕草をしたりして、その動きのなかに視線を沈めてしまうのだった。わたしは、そんな姿を見る度に、彼女が胸のうちに抱えている、なんだかわからない、深い傷口にさわってしまった気がして、はっ、としたものだった。

卒業が決まったある日、われわれの主任教授だったマダム・イリーヴを交えて、雑談したことがあった。

「あなた恋人はいるの?」と訊かれたフレデリックは口ごもりながら答えた。

「あ、ええ。実はプロポーズされて……。でも、迷ってるんです。地方に住んで、一緒に仕事しよう、って彼は言うんですが、わたしはパリに残りたいし……」

マダム・イリーヴは即座に言った。「なにを迷うの。人生にはいろんな季節があるのよ。目的を定めて、なにかを学ぶ季節。恋をする季節。愛する人と一緒に創っていく季節。子供を育てる季節。その後に来る、これはわたしも未経験の季節。どれも素敵な季節だわ。大事な季節を見逃さないで!」

女将校みたいに厳格で、われわれをあんなにふるえ上がらせたこの人が、こんな当たり前みたいなことを言うなんて、とみんなびっくりしたものだった。

結局、フレデリックは結婚せず、パリに留まり、級友、コレットと共に母校の教師をしながら創作する道を選んだ。

マチルダ、フレデリック、コレット、わたしの四人グループは、制作するのも、昼御飯を食べるのも、カフェでおしゃべりするのも、いつも一緒だった。どの思い出のなかにも、控えめで、おだやかで、聞き上手なフレデリックがいる。もめ事が起きそうになると、ハイ、そこまで、よ、というふうに、手をポン、とひとつたたいて、ちいさく笑う、まとめ上手な彼女がいる。

「フサコ、悔しいわ。あの才能が、彼女の創りだす繊細でファンタジックな世界が、あの羞じらいが、あのやさしさが、全部、アルコールなんかに呑み込まれてしまったなんて！」

自分自身も常にたくさんの問題を抱えながら、苦境に陥ったフレデリックに手をさしのべずにはいられなかったのだろう。それはいかにもマチルダらしいことだった。

一九八九年、ベルリンの壁崩壊後、世界は音たてて変わった。もちろん彼女の祖国、ブルガリアも。体制側の、かなり重要なポストにいたはずの両親、親族たちの暮らしは一変し、一時期は極めて困難な状況にあったらしい。マチルダが家族を援助するために孤軍奮闘するなか、今度は彼女の夫、アンドレが職場から、突然、不当な解雇を申し渡された。あんまりいろいろ重なって、夫婦仲もちょっとまずくなっているの、と彼女からきいたことがある。

ある年、自分で会社を始めることにしたというアンドレが、その準備のため東京にやってきた。口べたで、およそ社交的ではない彼が、会社経営なんてできるのかしら、と不安に思いながら話をきいているわたしに彼は笑顔で言った。「マチルダは強くて（実は彼女、こう言われるのをとてもいやがる。ほんとうはくじけそうなのに、と言って）、明るくて、前向きで、昔とちっとも変わってないよ。僕は彼女にどれだけ助けられたかしれない」。ああ、よかった。すくなくとも夫婦の危機は脱したのだな、と先ずはそのことを喜んだのだった。

マチルダとコレット、ふたりはあらゆる手を尽くしたにちがいない。長年の友であるフレデリックを、アルコールの淵から引きずり上げようと、最後の、最後の、最後まで。

わたしは何も知らずに、みんなで過ごした頃のことを、万華鏡でものぞきこむようになつかしんで、あそこに行けば、あの時間が、そっくりそのまま、今もある、そんな錯覚のなかに住んでいた。

「フサコ、あなたは今なにをしてるの？　パリには来ないの？　もっと手紙を書いて！　面倒がらずに書いて！　フランスを、フランス語をわすれないために書いて！」

小さな紙切れに書き足し、書き足しされた手紙に、砕け散った時間の破片をかき集め、元に戻そうと必死になっているマチルダの姿が、ぶれて、ゆらいだ。

わたしはできるだけ早くパリに行って、マチルダとコレットにどうしても会わなければならない。会ってお互いの顔のなかに、ながれ去った年月を認めあい、親しかった友人の死をきちんと受けとめなくてはならない。そしてなにより彼女たちがフレデリックに示しつづけた強い、真の友情に、こころからの感謝をつたえなければならない。それがなにもしてあげられなかったわたしの義務だと思った。

あとがき

数年にわたって、あちらこちらに書き散らしていたエッセイのなかから、フランスに関する文章だけを集めたものが、一冊の本になりました。うれしいような、面はゆいような気持です。

初めてパリに赴いたのは一九七〇の春。こころをひらひらはためかせ、勇んで出かけたはいいけれど、着いた先は、小さな宿の半分地下に埋没した、いかにもしけたうす暗い小部屋。窓から見えるものといえば、せわしげに行き過ぎる人々の足だけ。「未来ホテル」とは笑わせる、未来はおろか人の顔さえ見えないじゃないの、といささかがっかりはしましたが、すぐに気を取り直して、こう思ったものでした。

「よし、ここから一気に這いだして、路面という路面をこの足で、しっかりと踏みしめていってやろう」

それからはや三十六年。フランスとは浅からぬ縁があって、何度も往ったり来たりしておりますが、いつもふわふわ浮き足だち、彼の地を我が足で踏みしめているという実感などまるでない、平々凡々な旅をくり返しています。わたしのあまりにも低い目線、極端に狭い視界が捉える物事など、どだい大したものではありません。例えて言うならそこらへんにころがっているちょっとだけ変わった形をした小石、眼の前に舞い降りてきた惚れ惚れするほどに、いい色合いの枯れ葉、公園のベンチのそばにしんみりと横たわっていた小さな木っ端。他人様に見せようと思ってそこにあるのではない、名もなく素朴で美しい、そんなものばかりに眼がいってしまうのです。およそドラマティックとは言い難い、でも、わたしにとってはかけがえのない思い出のひとひらでも、読んでくださる方のこころに届いたらいいな。そう思って書いております。

たまたま夫が仏文学者で、たまたま翻訳者であるということから、親しくお話をする機会にめぐまれているチェコの亡命作家、ミラン・クンデラのことも、まったく門外漢であるわたしの眼が捉えた、私人としての作家のひとコマにすぎません。『クンデラの振り子』というタイトル、数編のクンデラにまつわる思い出話のひとつを、そのまま使わせていただきました。

こんなささやかなエッセイ集を、前回の『ふたつのカルティエ・ラタン』にひきつづき、世に送り出してくださった駿河台出版社の遠藤慶一会長、井田洋二社長には感謝の言葉もありません。

雑誌「ふらんす」に一年間、連載の機会をくださった白水社の及川直志さん、ご自分たちが編集していらっしゃる広報誌に、二年間にわたって幸せな執筆のチャンスを与えてくださった山田浩、恭仔ご夫妻に、もうそろそろ百回目を迎えようというのに、変わらず応援してくださる「本の街」の清水勉さんにこの場を借りて御礼を申し上げておきます。

ご自身もフランス在住のご経験がおありになる作家、藤田宜永さんには、帯文で文字通りの華を添えていただき、ほんとうにうれしくおもっております。ありがとうございました。

最後に、装画を撮影してくれた藤田弥香さん、文章の配置、タイトルなど、本全体の構成に助言をくれた夫、プロフィール用の写真を撮ってくれた息子にもありがとう、と言っておきたいとおもいます。

二〇〇六年夏

西永　芙沙子（にしなが・ふさこ）

東京に生まれる。画家、エッセイスト
フランス国立装飾美術学校卒業
フランス文化庁認定国家装飾師号取得
デザイン学校講師を経て、個展を中心とした画家活動に入る装
画、挿絵、カットなども多数手がける
著書『ふたつのカルティエ・ラタン』（駿河台出版社）
雑誌『ふらんす』（白水社）ほか、情報誌、広報誌の連載多数

クンデラの振り子
——わたしのフランス随想

著者　**西永芙沙子**

平成十八年九月一〇日　初版発行

発行者　井田洋二

発行所　株式会社　**駿河台出版社**

101—0062 東京都千代田区神田駿河台三丁目七番地

電話〇三（三二九一）一六七六　振替〇〇一九〇—三—五六六六九番

ISBN4-411-02224-9　C0095　¥1200E